なぜ僕の世界を誰も覚えていないのか？
vol. 8
Phy Sew lu, ele tis Es feo r-delis uc l.
久遠の魂

「俺が考えているのは一つだけだ。
おまえを倒して、リンネを返してもらう！」
カイ
Kai
世界から忘れられた少年。仲間達と共に真の世界に辿り着くべく奮闘する。

リンネ
Rinne
今の世界では存在できない世界種の少女。墓所にとらわれている。

「もう一体いるだろう？
私がこの部屋に来るまでに感じた法力は、貴様ではない」
大天使
アルフレイヤ
Alfreyja
蛮神族の英雄。石化のため墓所の封印から逃れ、復活を果たす。

レーレーン
Reiren
カイ達と行動を共にするエルフの巫女。他の蛮神族と共に封印されていた。

Characters

Phy Sew lu, ele tis Es feo r-delis uc I.

Kikousyu

機鋼種

この世界にのみ存在する六番目の種族。カイたちの前に立ちはだかるが……。

墓所に封印された種族たち

Sealed Species

蛮神族 Species

聖霊族 Species

幻獣族 Species

悪魔族 Species

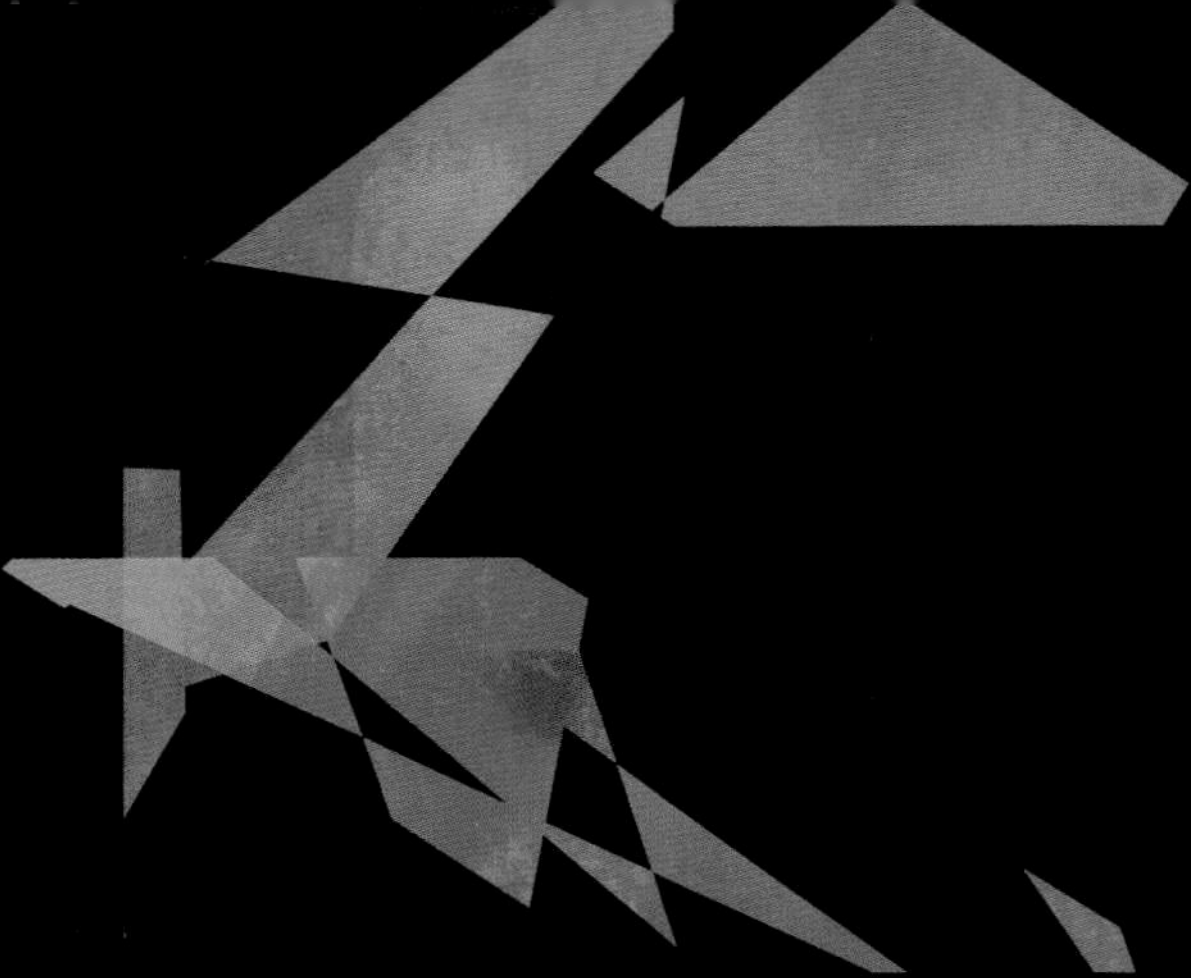

Contents 8

Phy Sew lu, ele tis Es feo r-delis uc l.

なぜ僕の世界を誰も覚えていないのか？８
久遠の魂

細音啓

MF文庫J

MAP
世界地図
ウルザ連邦
王都ウルザーク
（ウルザレジスト拠点）
知られざる楽園
シュルツ連邦
ラースイーエの火山湖
旧王都ラクガル・シャ
（幻獣族の巣）
鉄屑の町アギト
（???の墓所）
南の墓所
（聖霊族の
封印地）
学術都市ロン＝ジュ
クーレンマデル電波塔
（シュルツレジスト拠点）
要塞ルイン・ズ・フラム
（ユールンレジスト拠点 ）
ユールン連邦
国境
領土
無主地（4種族の支配下にない場所）
砂漠、高山地帯氷雪地帯など
多くの秘境を含む

Characters

登場人物

World | Phy Sew lu, ele tis Es feo r-delis uc l.

カイ

唯一「正史」を知る世界から忘れられた少年。シドから黒幕を知らされる。

レーレーン

気位が高いエルフの巫女。カイたちと親睦を深めていたが封印される。

アシュラン

「正史」でのカイの同僚その2。「別史」ではたくましい傭兵に。

アルフレイヤ

蛮神族の英雄。カイたちとの戦闘後に石化してしまったが……。

アーカイン

この世界のシドの一人。「傭兵王」の異名を持つ。

リンネ

天魔の少女。消滅の寸前にカイへ新たなるコードホルダーを託す。

花琳《ファリン》

「竜戦士」の異名を持つジャンヌの護衛。高い戦闘力を誇る。

バルムンク

ユールン連邦の有能な指揮官。聖霊族を敵視していた……が。

アスラソラカ

大始祖の一体。ジャンヌを人間の英雄と見立てる。リンネと深い因縁を持つ。

テレジア

この世界のシドの一人。「人間兵器」の異名を持つ。

ジャンヌ

「正史」ではカイの幼なじみ。「別史」では霊光の騎士と呼ばれるカリスマ指揮官。

サキ

「正史」でのカイの同僚その1。「別史」でも性格はそのままの気さくな傭兵。

六元鏡光《リクゲンキョウコ》

聖霊族の英雄。カイたちと共闘。他の種族と違わず封印される。

ハインマリル

悪魔族の次席。小悪魔的な性格でカイに強い興味を持つ。

シド

「正史」で人類を救った英雄。この世界では存在しないとされているが。

口絵・本文イラスト：neco

Prologue

Chapter:

二体の大始祖と一つの狂気

Phy Sew lu, ele tis Es feo r-delis uc l.

北、東、南、西――

この世界大陸は四つの連邦に区分され、それらを強大な四種族が支配していた。

北《ウルザ》には、膨大な法力を宿し、もっとも好戦的な悪魔族。
東《イオ》には、他を圧倒する集合知と、強力な法具を開発する蛮神族。
南《ユールン》には、存在自体が神秘に包まれた聖霊族。
西《シュルツ》には、強大無比な巨体で暴虐の限りをつくす幻獣族。

――その四種族《すべて》を排除する。

これが大始祖の計画だった。

大始祖「光帝《こうてい》」イフが、人間の英雄シドを見いだして。
大始祖「運命竜」ミスカルシエロが、巨大な封印器となる墓所を造り。
大始祖「祈子《いのりご》」アスラソラカが、四種族を封印した。

『私たちの計画は成就《じょうじゅ》した』
『これより我らは改めて、ヒトを導く預言神となるだろう』

白の墓所――

四種族を封印した巨大なピラミッドの奥深く。そこに響くのは威厳ある光帝《イフ》と、そして運命竜《ミスカルシエロ》の雄々しき声だ。

そう、すべてが完璧だった。

大始祖にとっての脅威となる四種族は排除した。地上に残っているのは脆弱《ぜいじゃく》な人間のみ。もはや敵は存在しない。

そのはずが――

〝光帝《イフ》、運命竜《ミスカルシエロ》とも ここまでという取り決めでした〟

〝私の目的を遂行するとしましょう。――世界輪廻《りんね》の計画者として〟

妖艶な嘲笑《ちょうしょう》が、すべてを狂わせた。

それは墓所の別区画から。

光帝《イフ》と運命竜《ミスカルシエロ》の居場所まで聞こえてくる。続けざまに、とてつもない轟音《ごうおん》と衝撃が、白のピラミッドを揺るがせた。

祈子アスラソラカ、いや世界種アスラソラカの嘲笑。

本性を現した。

三体の大始祖のうち、大始祖を名乗っていただけの裏切り者《アスラソラカ》が離脱した。

『薄々と感じていたが……』

『アスラソラカ、世界輪廻《りんね》を企《くわだ》てたのは其方《そち》だったか』

かつて。

ごく一部の者が「正史」と呼ぶ歴史で、光帝《イフ》と運命竜《ミスカルシエロ》は、預言者シドを扇動することで五種族大戦を人間の勝利に導いた。

――それが無かったことにされた。

世界輪廻という極大事象によって、世界の歴史が上書きされたのだ。

そして現在《いま》にいたる。

『私たちは苦心した。「やり直しか」と。……四種族の封印は決して容易な所業ではない。それをもう一度とは』

『だが二度目も成功した。アスラソラカよ、世界輪廻は二度と起きない。アレは偶発的な事象だからと其方《そち》は言っていたな』

世界輪廻に元凶などいない。

巨大な台風や地震のように、ただただ大規模な自然現象であると言っていた張本人が、元凶として本性を現したのだ。

『運命竜《ミスカルシエロ》よ。アーカインとテレジアは？』

『――――』

沈黙する大始祖の片割れ。

ややあって。

運命竜ミスカルシェロの呟《つぶや》きが、こだました。

『負傷した』

二人のシド。

五種族大戦を人間の勝利に導くために光帝《イフ》と運命竜《ミスカルシェロ》が力を与えた、いわば意図的に造られた「人間の英雄」である。

だが、その二人を以《もっ》てしても――

〝挑んできてもいいですよ〟

〝私が飽くまで、たっぷりと愛《め》でてあげましょう〟

世界種《アスラソラカ》の抹消は、適《かな》わなかった。

『奴《やっ》の力がここに来て増大している。不気味なほどに……』

『その力で世界輪廻を発動させたのか？』

『謎だ』

大始祖にもわからない。

世界輪廻《りんね》のような「歴史をやり直す」力は、世界種《アスラソラカ》であっても簡単に発動できるものではない。どうやって発動させた？

その力をどこから手に入れた？

『忌まわしき世界種が。まだ何かを隠しているな。……急ぐとしよう』

光帝《こうてい》イフの、溜息《ためいき》にも似た呟《つぶや》き。

『奴《やつ》の狙いが読めぬ。もしも世界輪廻の再発動を企《くわだ》てているとすれば、私たちに必要なのは「人間」だ。世界輪廻に抗《あらが》うためにも』

『我々には力がいる』

『急ぐとしよう』

その声が壁面を伝って反響して、そして消えた時にはもう。

大始祖二体の気配は消えていた。


白の墓所、外部——

そびえたつ連峰の麓で、白きピラミッドを望む者たちがいた。

「ミン指揮官、墓所の外部を調査した部隊が戻りました」

「どうですか？」

「異常ありません。四種族があの墓所から脱出する気配はゼロです」

「……わかりました」

西の連邦を守るシュルツ人類反旗軍《レジスト》の傭兵《ようへい》たち。

今まさに「異常なし」を報告しにきた隊長から報告書を受けとって、指揮官ミンはそれを急いで流し見た。

まだ十五歳。

栗色の髪にあどけない相貌の少女だが、前指揮官だった父親の後を継いで、幻獣族との戦いに没頭してきた気丈な指揮官だ。

——墓所に異常なし。

実のところは報告されるまでもない。この本部テントから、双眼鏡を使わずとも墓所の様子が肉眼で確かめられるからだ。

「……遠い昔のようですね」

ここ西《シュルツ》は、幻獣族の支配地だった。

草原にテントなど設営しようものなら、幻獣族の襲撃をうけて一晩のうちに人類反旗軍《レジスト》は壊滅していただろう。

今は、こうして堂々と拠点を作ることができている。

「これを平穏と呼べるのかはわかりませんが……」

指揮官ミンにとって、状況はいまだ不穏なままだ。

「隊長」

「はっ」

「あたしは電波塔に戻ります。墓所の見張りを引き続きお願いしますね」

白の墓所を内側から食い破り、いつ幻獣族が再び現れるかもわからない。

ただし。

この警戒は幻獣族に対するものではない。元を正せば、大始祖という「神のようなもの」に対する不信感によるものだ。

「……大始祖に気を許すな。ジャンヌ殿とバルムンク殿からもそう言われていますし」

部下を従えて本部テントの外へ。

ミンが車に乗りこもうとして――


『何を恐れる?』

『我らは一度としてヒトを欺いたことはない。未来を語る預言神ゆえに』

天からは、嗄《か》れた老人の言霊が。

地底からは、雄叫《おたけ》びじみた獣の足音が。

びりびりと大気を震わせる声は、白の墓所の方角からやってきた。

『ヒトよ』

『我らが導きの声を聴け』

「なっ!?」

神々しき白銀色の後光に彩られて――

厳《いか》めしい老人の胸像じみた発光体が、ミンの頭上に顕現した。

さらには地上でも。

湧き上がる溶岩《マグマ》のごとく、濃紫色の竜が地底から浮かび上がってくる。

「だ、大始祖!?」

四種族を封印したきり忽然《こつぜん》と姿を消していた。そんな二体が、なぜ今になって人間《じぶんたち》の前に姿を現した？

『我々を恐れるな』

ぞくっ、と。

心を覗《のぞ》かれているような大始祖の指摘《こえ》に、ミンは全身が粟立《あわだ》った。

表情や仕草から心を読み取られた？　違う。この寒気を喩《たと》えるのなら、まるで胸の奥に直接潜りこまれたかのような異物感。

「な、何のことですか……！　今、あたしに何をしたのです！」

返事はない。

ただ淡々と、二体の大始祖はその場の傭兵《ようへい》たちを見下ろしながら。

『ヒトよ、其方《そち》の恐れを拭ってやろう』

『雪よりも白くなるように、我らが、其方の迷いを洗ってみせよう』

『受け入れよ』

『これが導きである』

光が満ちた。

それが二体の大始祖のどちらが発したものなのか、どんな力であるのか。何一つ理解が及ばぬうちに——

指揮官ミンとその部下たちは、意識を失った。

World.1
Chapter:
神に弄ばれるもの
Phy Sew lu, ele tis Es feo r-delis uc I.

1

大陸東部――

イオ連邦と呼ばれる地は、実に総面積の三分の一が山岳地帯。その残りは森林地帯で、この広大な森こそが蛮神族の住処《すみか》である。

では、人間は？

蛮神族に都を奪われた人々は、古い廃墟《はいきょ》に隠れ忍んで生活している。その一つが第八都市カシオペア。

イオ人類反旗軍《レジスト》の本部が置かれた旧軍用工場の地だ。

その廊下で――

「大げさだなサキもアシュランも。凍傷っていっても軽い霜焼けだよ。昨日だって十分に手当を受けたし。俺も自分で傷の確認くらいしてるさ」

「またぁ、すーぐそういうこと言うのよねカイは」

「小さな擦《かす》り傷だって毒が入りこんで化膿《かのう》すんだよ。お前みたいにやせ我慢した挙げ句に大事《おおごと》になった仲間をな、俺らは散々見てきたんだっての」

「お、おいサキ、アシュラン!?」

ウルザ人類反旗軍《レジスト》の傭兵《ようへい》二人に両腕をがっちりと固められ、カイは廊下を引きずられていた。

行き先は医務室。

目的はカイの指の手当だが、この凍傷はただの凍傷ではない。なにしろ大始祖の御使《みつか》いとの死闘で受けた傷なのだ。

「あんな化物の法術に巻きこまれたんだ、平気なわけねぇだろ」

「極楽鳥《ゴッドバード》の氷で島が丸々一つ氷漬けになったのよ」

「……でも、俺は直撃されたわけじゃなし」

精一杯の反論を試みるも、あいにくサキは妙に醒《さ》めたまなざしで。

「はぁ。すーぐそうやって屁理屈《へりくつ》を言うのよね、これだから男って頭が固いわ……」

「心外だ!?」

「カイお前、そんな意地を張りっぱなしだとジャンヌ様みたくなっちまうぞ。部下が心配してるのに『私は平気だ』の一点張りで、そうして過労でぶっ倒れるんだ」

「アシュランまで!? いやいや、俺は本当に平気だよ!」

全身が凍傷寸前だったのは事実である。

とはいえ応急処置は済ませたし、あの場で共闘した蛮神族——大妖精シルクの霊薬で症状も抑えられている。

あとは自然治癒で十分。

というのがカイの持論ではあるのだが……。

「だーめ」

自分《カイ》の右腕を掴《つか》まえて、サキは一向に離れる気配がない。

「花琳《ファリン》様だって今も医務室に通ってるわ。せっかくイオ人類反旗軍《レジスト》の医務室を使わせてもらえるんだから、ありがたく使うべきなのよ」

「彼女《ファリン》の治療はわかるよ。俺よりずっと重傷だったし」

「似たようなもんよ」

右腕を掴んだサキが、同じく左腕を掴んでいるアシュランを見やって。

「そうよねアシュラン？」

「まったくだ。あとは婆《ばあ》ちゃん医長のそばに若い看護師のねーちゃんがいれば完璧だな。さらに充実した医務室になるんだが」

「……最低。カイ、今のは聞かなくていいわよ」

溜息《ためいき》をつくサキが腕をぐいっと引っ張ってきて。

「さ、いくわよカイ」

「お、おい⁉」

一階医務室へ。

今までは蛮神族との戦いで負傷した傭兵《ようへい》で満員だった。その蛮神族が封印されたことで、医務室は常に空っぽ状態。

そう思いこんだアシュランが、ノックもせずに扉を勢いよく押し開けた。

「どうもー、負傷者一名よろしく！　どうせ医長も暇して…………って、あれ？」

アシュランが思わず立ち止まる。

先客がいた。

桜色の髪をした女性が、上半身裸で診察中。

女傭兵だろう。背を向けているものの、強靭《きょうじん》に鍛えられた脇腹は美しく引き締められ、健康的に日焼けした肌が何とも艶《なま》めかしい。

「あ、やべ……誰かいたのか！」

「――――」

女性がふり返る。

その横顔に、扉を開けたアシュランの顔が引《ひ》き攣《つ》った。

「げぇっ⁉　花琳《ファリン》様っ⁉」

「カエルが潰《つぶ》れたようなその鈍い悲鳴は気になるが……」

一糸まとわぬ上半身の花琳。

指揮官ジャンヌの護衛にあたる彼女は、サキやアシュランにとっての上司である。

そんな彼女が、日頃の武装時からは意外なほど豊かな胸元をかろうじて片手で隠しつつ、もう片手で机のハサミを拾い上げた。

包帯を切るためのハサミを、なぜか逆手で握りしめて。

「……粗相をした部下には躾《しつけ》が必要だな？」

「ま、待って花琳様⁉　そのハサミ、俺なんかすげぇ怖いんですが⁉」

「────」

「その無言が怖すぎですってば！」

悲鳴を上げて後ずさるアシュラン。

対する花琳が、一歩また一歩と真顔で近づいてくる。上司のお説教というより、むしろ獲物を見つけた肉食動物めいた迫力で。

「私だって女だ。肌を見られたら恥ずかしい。わかるな？」

「……は、はい」

「処罰」

「待って花琳様っ⁉　お、俺は……カイが医務室に行くっていうから！」

　身の危険に、カイはサキと一緒に跳び下がった。

「俺は連れてこられただけだし！」

「ア、アタシも！　カイを医務室に連れて行くっていうのも、扉をノックもせずに開けたのもぜーんぶアシュランが悪いっ！」

「お前らっ⁉」

「嘘《うそ》つけ⁉」

「――アシュラン。一度だけ機《チヤンス》をやろう」

　花琳《ファリン》が足を止めた。

　一糸まとわぬ肌をさらして、下着のかわりに片手で胸を隠しながら。

「この私を見て何か言うことは？」

「……あ、あの……」

　アシュランがごくりと息を呑《の》む。

　蛇に睨《にら》まれた獲物のごとく微動だにできぬ状況で、迫りきった花琳の顔から足下までをもう一度眺め回す。そして思いきって口にした。

「花琳様」

「言ってみろ」

「着痩せするタイプだったんすね。意外とご立派な胸で」

「…………」

沈黙。

ややあって、カイとサキと花琳の声が綺麗《きれい》に重なった。

「いや、そこは謝れよ」

「そこはごめんなさいでしょ」

「謝罪もできないのか？」

「そっちかぁぁぁぁぁぁぁっっっ！　ごめんなさいぃぃぃぃっっ！」

目に殺意をうかべた花琳に——

アシュランは全力で土下座したのだった。

数分後。

「一つ覚えておけ。私は、自分の胸がもう少し控えめなのが良かった派だ。世の女すべてが胸を褒められて喜ぶと思うな」

「…………はい」

「まあいい。あまりの馬鹿馬鹿しさに叱る気も失《う》せた」

薄い肌着《インナー》を身につけた花琳が、溜息《ためいき》。

ちなみにアシュランは今も正座で反省中なのだが、花琳は見向きもしない。その後ろに立っているカイに振り返って。

「じきに指揮官級の会議が始まる。その前に医務室に寄ろうとしたわけだが、考えは同じだったようだな」

「俺？　いや俺は連れられてきただけなんで……もう平気なんだけど」

花琳《ファリン》に向けてカイは手を振ってみせた。

凍傷治療中の手を、だ。

「俺よりも、そっちは？」

「私もただの経過観察だ。極楽鳥《ゴッドバード》の法術が見かけだけの氷とは限らない。数日は様子を見ろとジャンヌ様に命じられている」

花琳が見やったのは、壁に取りつけられた時計だ。

十二時ちょうど。

「もう会議が始まる。その前に診療を終えたいところだったが、覗《のぞ》き魔の部下に説教をしていたせいで数分遅れる。そうだなアシュラン？」

「……いや……さすがの俺も上司の裸を覗き見する度胸はなくて……」

「申し訳ありません、だ」

「あいたっ!?」

花琳に頭を小突かれてアシュランが悲鳴。

「というわけでカイ、先に行け。ジャンヌ様には私が途中参加と伝えてほしい」

「了解。戻ろうかサキ」

「そうねー。あたしたちも暇じゃないし」

「お、おいお前ら！　俺を置いていく気かよっっっ⁉」

バタン、と。

叫ぶアシュランを後目《しりめ》に、カイとサキは医務室の扉を閉めたのだった。

2

イオ人類反旗軍《レジスト》、本部。

その執務室はあたかも王族の私室を想《おも》わせる。年代物だろう葡萄酒《ぶどうしゅ》色の絨毯《じゅうたん》が敷かれ、壁には額縁入りの絵画が整然と並べられている。

「失礼します」

カイが到着した時には——

薄暗い部屋のなか、三人の男女が壁に映しだされた投影機《プロジェクター》の映像を見守っていた。

北《ウルザ》の指揮官『霊光の騎士』ジャンヌ。

南《ユールン》の指揮官『騎士王』バルムンク。

そして拠点の主でもある、東《イオ》の指揮官『皇帝』ダンテが。

カイの入室に一瞥《いちべつ》をくれただけで、すぐさま壁の映像に視線を戻した。

〝ここ清浄《しょうじょう》の地に穢《けが》れた身で踏みこむか、主天《しゅてん》アルフレイヤよ〟

〝妾《わらわ》は神話の遣い。そう言ったであろう？〟


極彩色に輝く怪鳥との、死闘。

わずか二日前のこと。

大始祖という「神を自称するもの」の正体を突きとめようと向かった島で、自分《カイ》たちは大始祖の眷属《けんぞく》を名乗る極楽鳥《ゴッドバード》に襲われた。

これはその映像。

花琳《ファリン》がベルトに付けていた撮影器が記録していたものだ。

……俺と花琳の負傷もこいつとの戦いでだ。

……だけど、負傷だなんて言葉で片付けられる程度で済んだだけマシかもな。

島一つが沈みかねない大破壊。

主天アルフレイヤと大妖精シルクの協力がいなければ、あの島は海の藻屑《もくず》と消滅していたに違いない。

その映像を見終えて――

「手土産と聞いたから何かと思えば」

皇帝ダンテが指を打ち鳴らす。

部屋の明かりがついて、小太りの男が不愉快そうに顔をしかめる姿が浮かびあがった。

「このバカでかい鳥は倒したのだろうな？」

「辛うじて」

円卓の隣席で頷《うなず》くのはジャンヌ。

「ご覧のとおりカイの剣を受けて極楽鳥《ゴッドバード》は消滅しました。戦いの戦果はと言えば、大始祖の正体が『法力の巨大集合体』と判明したことでしょうか」

「それは誰の分析だ」

「ダンテ殿ならおわかりかと」

涼しげなジャンヌの返事に、指揮官ダンテが露骨に顔をしかめてみせた。

「奴か」

「ええ。映像にも映っていた主天アルフレイヤです」

「……ふん」

ここイオ連邦の人間は、長らく蛮神族の侵攻に苦しめられてきた。

一時的な休戦協定を結んだのは指揮官《ダンテ》としても承知済みだが、それでも憎い仇敵《きゅうてき》というのに変わりあるまい。

「奴《やつ》に借りを作ったのは癪《しやく》だが」

「あくまで対等です。大始祖の住処《すみか》を突きとめたのは人間《われわれ》ですし、最終的に極楽鳥《ゴッドバード》を仕留めたのも、カイと花琳《ファリン》の果たした役目が大きかった」

「……そして蛮神族も生き延びていると」

皇帝《ダンテ》が舌打ち。

「俺としては、主天《コイツ》が極楽鳥《ゴッドバード》もろとも共倒れになってくれれば理想的だったが」

「そういうわけにはいきません」

「大始祖との戦いに蛮神族《やつら》が必要だからだろう？　そんなことは百も承知だ」

そう、本心ではダンテも理解しているのだ。

大始祖は底知れない。眷属《けんぞく》の極楽鳥《ゴッドバード》でさえ神を自称するに足る怪物だった。あれだけの怪物があとどれほど潜んでいるかわからない。

挑むには、蛮神族の力がいる。

「今の映像でもわかりますが、大始祖は人間を救う気などない。極楽鳥《ゴッドバード》は住民もろとも島を破壊しにかかりました」

「……何なら、次に封印されるのは人間かもしれないと」

「ええ。主天《アルフレイヤ》が言うには墓所とは巨大な法具だそうです。人間だけでは対抗できません。

蛮神族の知恵が必要です」

だからこそ共闘を呑《の》んだのだ。

──白の墓所の破壊。

人間があそこに封印されるかもしれない以上、人間側は墓所を破壊したい。

一方の主天《アルフレイヤ》としても封印された蛮神族《なかま》を救出したい。

「そこまでは理解した。俺が知りたいのはその先だ」

コトッ。

皇帝が机上に放り投げたのは三角錐型《ピラミッド》の紙細工。表面が真っ白に塗装されているのは、これが白の墓所を象《かたど》った模型だからだろう。

それを──

ダンテの振り下ろした拳が、ぺしゃんこに叩《たた》き潰《つぶ》した。

「このように完全破壊して機能停止。ついでに蛮神族も解放する。ここまでは筋が通る。だが残り三つはどうなる？　白の墓所には悪魔族と聖霊族、幻獣族も封印されているのだろう？」

「ダンテ殿が気にしているのは、蛮神族以外と？」

「当然だ。百歩譲って蛮神族の解放は見逃すとしても、残り三種族まで外に飛びだすことは無いだろうな？」

潰《つぶ》れた三角錐型《ピラミッド》の紙模型。

紙が破け、四色の硝子《ガラス》玉が模型からコロコロと転がり出る。周りを覆《おお》う箱が壊れれば、こうして中身が飛び出るのはごく当然。

四色の硝子《ガラス》玉がすべて飛び出ることも、あり得る。

「それはどうなるジャンヌ？」

「二つ仮説がある。主天《アルフレイヤ》の受け売りだがな」

沈黙を保っていた南の指揮官《バルムンク》が口を開いた。

「あのピラミッドの構造次第だ。その一——四種族の封印が四つに細分化されているなら、蛮神族の封印だけを破壊すればいい。可能性その二——四種族がまとめて封印されていた場合だが、これは箱が壊れればすべて飛びだす」

「っ！」

ダンテが目をみひらいた。

「冗談言うな！　蛮神族の解放は目をつむっても、他の種族共を解放してやる道理はない。害獣どもを檻《おり》から解き放てと？」

「あくまで可能性の話だ」

腕組みした格好で、バルムンクは淡々と言葉を続けるのみ。

「奴《アルフレイヤ》の話では、可能性が高いのは前者だ。封印は種族ごとに細分化されている可能性が高いと言っていた」

「……何だ、それを先に言え」

「だが蓋を開けてみるまでわからん。蛮神族かと思って解放したら悪魔族が飛びだした、なんてことは当然ある。蛮神族《アタリ》が出るまで無差別に解放していく他ない」

「俺をからかう気か⁉ 結局どれもこれも解放するという意味ではないか！」

「ならば蛮神族との共闘を取りやめるか？」

「無論！」

「ダンテ殿、ならば貴官が自分の口で言ってくるといい。奴《アルフレイヤ》はエルフの森にいる」

「…………っ」

皇帝《ダンテ》のかざした拳が、止まった。

テーブルに振り下ろすこともできないまま宙で固まる。

「これは苦渋の選択なんです」

静寂《せいじゃく》を破って。

カイは、円卓に座る指揮官《ダンテ》にそう告げた。

「比べてみてください。五種族大戦のなか、人間は追いつめられてたけど現に生き延びることができていました」

「……それがどうした？」

「白の墓所を破壊しなければ人間という種族が封印されます。要するに絶滅です」

「――――」

二択なのだ。

墓所の破壊をためらって人間が封印されるか。

墓所を破壊して四種族が復活し、その中で苦しみながらも生きていくのか。

「どっちも最高の未来には程遠いけど、じゃあどっちがマシなのか。マシな方を選ぶしかない。これはそういう話なんです」

そう。

これはカイにとっても嘘《うそ》偽りのない本心だ。

……俺は、大始祖が本性をさらけ出す前から墓所を破壊したいと思ってた。

……リンネが復活する未来がそれしかないから。

世界種である彼女は、この世界に五種族が存在しないと生きていけない。

それが最大の理由だった。

今はもう一つ動機がある。

墓所で待ち受ける大始祖を倒さぬかぎり人間の未来はありえないと、極楽鳥《ゴッドバード》との死闘で誰もが悟ったから。

……リンネの復活だけじゃない。

……俺やジャンヌやすべての人間のためにも、あの墓所は残しちゃいけないんだ。

ダンテは無言。

その横顔を見つめるジャンヌ、バルムンクも唇を引き締めて微動だにしない。

「西《シュルツ》との連絡時間だ」

押し黙っていた皇帝《ダンテ》が、腕組みをほどいた。

まだ納得しきっていない――

そんな感情を孕《はら》んだまなざしで。

「あの墓所をどうするか。完全破壊は俺としては甚だ不満だが、いずれにせよ墓所を見張っている西《シュルツ》の意見抜きでは議論も何もあるまい」

「異論ありません」

頷《うなず》くジャンヌ。

「花琳《ファリン》が撮った極楽鳥《ゴッドバード》の映像は、昨日のうちに西《シュルツ》に渡して頂けましたか？」

「手配させた。小娘《ミン》も昨夜のうちに確認したはずだ」

ダンテが率先して立ち上がる。

部下たちを連れて執務室から通信室へ。その後をカイも追いかけて――

「待たせた」

並んできたのは花琳だ。

医務室では肌着《インナー》一枚だったが、今は当然、ウルザ人類反旗軍《レジスト》の上着を着込んだ姿になっている。

「ジャンヌ様は？」

「俺たちの列の前にいるよ。通信室に向かってる。白の墓所をどうするかって件で西《シュルツ》の意見も聞かなきゃって」

「当然だな」

「……ところで全然関係ないけど、アシュランはまだ医務室で正座？」

「外で草むしりを命じた。医務室に居座られても迷惑なだけだ」

「……そ、そっか」

「ちょうどいい。その件で一つ大事なことを伝えておく」

通信室に向かう最後尾で、花琳《ファリン》が歩きながら小声で耳打ち。

「ジャンヌ様についての秘匿情報《トップシークレット》だ」

「ジャンヌの？」

「身近にいる花琳《わたし》と比べて胸が小ぶりであることを、ジャンヌ様は密《ひそ》かに気にしておられる。ジャンヌ様の前で胸の大きさの話はするな」

「しないし!?」

「わかってる。あくまで注意喚起のためだ」

何を言うかと思えば……

肩の力が抜けたカイに対し、花琳《ファリン》はいたって真剣なまなざしで。

「直接の言及だけではない。『大きい』や『小さい』というように、胸を連想させる言葉も厳禁だ。ジャンヌ様の精神的健康《メンタルヘルス》に関わる」

「……そんなまさか」

「『薄い』『厚い』も時として危険な場合がある。ジャンヌ様の気分次第だが。以前は戦車の上部装甲が厚いという話題にも反応されてだな……」

「どうしろと⁉」

「あくまで注意喚起だ」

くり返すように口にして、花琳が歩調を速めた。

通信室へ。

先頭を歩いていたダンテやジャンヌも部屋に入って、早くも席に座って集音器《マイク》と向かいあっている。

「——指揮官ダンテだ。西《シュルツ》の通信班、応答願う」

『お待たせしました』

ダンテの通信に応じたのは、愛らしい少女の声だった。

「ミン指揮官か?」

『はい。ダンテ殿とお話するのは久しぶりですが、ご健勝で』

「挨拶は抜きだ。ちょうどいい、早速だが本題に移りたい。極楽鳥《ゴッドバード》の映像は確認したな？

大始祖の眷属《けんぞく》を名乗るバケモノだ」

『昨夜のうちに』

「西《シュルツ》の意見を聞きたい」

集音器《マイク》を握りしめる皇帝《ダンテ》が、姿勢を前のめりに。

「まず確定しているのは、大始祖は人間の敵だということ。その打倒のための合同作戦を近く開くわけだが、問題は墓所の扱いだ」

『というと？』

「白の墓所を完全破壊するのか否《いな》か。蛮神族だけは百歩譲って解放することになったとしても、残りの悪魔族と聖霊族と幻獣族をどうするか。墓所を完全破壊するとなると残りの三種族《やつら》まで外に飛びだす恐れがある」

『仰《おっしゃ》るとおりです』

「白の墓所があるのはお前の連邦だ。それが何を意味するかわかるな？」

『………』

蛮神族だけではない。

悪魔族と聖霊族と幻獣族たちが飛びだせば、シュルツ連邦は一晩にしてこの世の地獄に早変わりするだろう。

——という皇帝《ダンテ》の示唆。

脅しめいた暗示ではあるが、それはカイも否定しきれない。

「どうだ？」

『は、はい……指揮官として申し上げますね』

少女の声がゆっくりと紡がれて。

「西《シュルツ》は何十年と幻獣族に脅かされてきました。今ようやくこの連邦に平和が生まれて、住民たちも安堵《あんど》しています……それを、墓所を破壊して幻獣族が解きはなたれてしまうのは指揮官として賛成しかねます」

「その通りだ」

指揮官ダンテがにやりと口の端を吊《つ》り上《あ》げた。

「将として当然の意見だな。墓所を完全破壊して四種族を解放するなど言語道断だ」

ほらみろ？

そう言いたげに、ダンテがこちらに振りかえる。

が、その背中に向けて。

『大始祖を討つことにも賛成できません』

「……なに？」

少女の言葉に、ダンテが勢いよく通信機を睨《にら》みつけた。

「どういう意味だ。俺の聞き間違いか」

『ダンテ殿の仰《おつしや》るとおりです。白の墓所に四種族が封印されたことは人間にとって理想の展開と言えるでしょう。平穏を与えてくれた大始祖と争う理由がありません』

「は？　おいちょっと待て！」

ダンテが集音器《マイク》に向かって吼《ほ》えた。

「お前が墓所を見張っていたのは大始祖を警戒してのはず。どうした突然……それはお前の私見か。それとも人類反旗軍《レジスト》の総意か！」

『両方です』

「…………」

迷いがない。

あまりに率直な言いように、言葉を失ったのはダンテの方だった。

「俺の記憶では、お前も極楽鳥《ゴッドバード》を見て大層怯《おび》えていたはずだがな……」

わずか数日前のこと。

極楽鳥《ゴッドバード》の最初の襲撃は、主天《しゆてん》アルフレイヤが石化から目覚めかけた時だ。復活を妨害しに現れたことを指揮官ミンが忘れたとは思えない。

〝こ、こんな怪物がまだいるというんですか⁉〟

彼女《ミン》はそう言っていた。

シュルツ人類反旗軍《レジスト》が墓所を見張っていたのも、大始祖への警戒を緩めぬためという理由だったはず。

何かおかしい。

まるで別人。そばで聞いていてカイも耳を疑ったほどだ。

……ミン指揮官？　いや彼女の声に間違いない。

……無理やり喋《しゃべ》らされてる感じにも聞こえないし……どういうことだ。

ごくごく自然体の声音。

だからこそ違和感を禁じえない。なぜなら自分たちは数日前までシュルツ連邦にいて、指揮官ミンとも会議を重ねていた。

その中で、こんな発言は一言も出てこなかった。

「……交代しましょうダンテ殿」

ダンテに代わって、ジャンヌが集音器《マイク》を握りしめた。

集音器《マイク》に口を近づけて。

「ミン殿、私です。今の話は――」

『昨晩、大始祖と話をしました』

「っ⁉」

ジャンヌの喉から、声にならない衝撃が突いて出た。

カイや護衛の花琳《ファリン》もそう。

事の次第を見守っていたバルムンクも、驚愕《きょうがく》のあまり席から腰を浮かべて立ち上がったほどだ。

「ミン殿、それはどういうことです！」

『墓所を見張っていた時です。私たちの前に大始祖二体が現れました。大始祖は人間側《あたしたち》の不安を知っていました。けれどそれは誤解だと」

「誤解ですって⁉」

ジャンヌがその場で立ち上がった。

違和感から確信へ。

「失礼ですが、正気ですかミン指揮官！　極楽鳥《ゴッドバード》は私たちの命を何とも思っていなかったのですよ。その何が誤解なのですか！」

『大始祖は言っていました。話しあう機会を設けようと。そこで不安も誤解も解消されるだろうと』

「…………」

言葉にならない。

ジャンヌがかろうじて口にできたのは、もはや独り言に過ぎない呟《つぶや》きだった。

「ミン殿、どうしてしまったのですか……」

もはや別人だ。

喩《たと》えるなら「悪魔憑《つ》き」「狐《きつね》憑き」「神がかった」「憑依《オブセッション》」。古来より人間が豹変《ひょうへん》する様は多くの言葉で言い表されてきた。

その現象に――

「……まさか」

カイの脳裏を過《よぎ》った光景は、神さびた島イジュラでの一幕だ。

大始祖の正体と目的。

主天《しゅてん》アルフレイヤはこう推測してみせた。

〝取り憑いている〟

〝神を自称し、人間に天恵として法力を授ける。だが実際に授けたのは『呪い』〟

悪魔の魅了《チャーム》と似た術だ。

大始祖は、自らの法力を人間に憑依《ひょうい》させる。憑依された人間にどんな影響が出るのかを確かめたことはなかったが。

……人間《ミン》に取り憑くことで洗脳した⁉

……ここまで一方的に人間を操ることができるのか⁉

この場で大っぴらには発言できない。

今ここで声にすれば通話先《ミン》にも聞こえる。憑依されている指揮官ミンや部下たちにどんな影響が出るのか読みきれない。

「失礼。足が滑りました」

「うぉっ⁉」

皇帝《ダンテ》に覆《おお》い被《かぶ》さるように割って入った花琳《ファリン》が、有無を言わさず通信機のボタンに触れる。

ブツッ……と。

ミン指揮官との通話が遮断。

「お、おい貴様なにを⁉」

「大始祖の呪いに感染する恐れが、あ、あ、あります」

「い、い、い、い、い、い、」

「なに？」

「悪魔の魅了《チャーム》なら会話程度では感染しませんが、大始祖の呪いは未知です。被洗脳者の『声』を媒介にして呪いが広まる場合、通話している私たちまで洗脳されます」

「………」

「ですから遮断しました。向こうには機器の具合が悪くなったと電報を送っておけばいいでしょう。他にご不明な点は？」

皇帝《ダンテ》が押し黙る。

シュルツ人類反旗軍《レジスト》との通話が切れて、通信室は気味が悪いほどに静まり返っていた。

「――カイ」

静寂《せいじゃく》のなか、ジャンヌが躊躇《ためら》いがちな口ぶりで。

「ミン殿をどう思う？　私には、たとえば夢魔の魅了《チャーム》のように人間が抜け殻同然になるほどの豹変《ひょうへん》ではなかったように感じたが……」

「俺もそう思う。大始祖の話以外はまともに感じたよ」

悪魔の魅了《チャーム》に囚《とら》われた人間は、生き人形同然の傀儡《かいらい》となる。

それと比べれば洗脳の度合いは軽い。

「多分だけど、すごく表面的な洗脳だと思う。治療も難しくはない。ただ放置して時間が経《た》てば経つほど……」

「悪化する？」

「洗脳される人間が増える方が厄介だと思う。俺も感じたけど大始祖の狙いは人間の支配じゃない。『大始祖は敵じゃない』って思わせるだけで、アイツらにしちゃ十分なんだと思う」

最初は『共存』を提案し――

じわじわと洗脳者を増やして人間社会での存在感を確立していく。遠からず、誰一人として大始祖に逆らえなくなるだろう。

……大始祖が、人間を洗脳できるのはこれで確定した。

……気がかりなのは影響範囲だ。ミン指揮官だけとは思えない。

花琳《ファリン》の言うように呪いが感染するならば、西の人類反旗軍《レジスト》の大部分が既に洗脳されている可能性もある。

病原体《ウイルス》のようなものだ。

見えないうちに人間は取り憑《つ》かれ、蝕《むしば》まれ、支配されていく。

「俺は、悪魔族の魅了《チャーム》には詳しくないが……」

おずおずと口を開くバルムンク。

「ミン殿だけが豹変すれば部下が気づくはずだ。その様子がないということは幹部数十人、最悪、シュルツ人類反旗軍《レジスト》の本部にいる傭兵《ようへい》が丸ごと洗脳されている可能性はある。そうだなジャンヌ殿？」

「……ええ。数百人は被害を受けたと考えるべきでしょうね」

「こ、こ、こういうことだ」

バルムンクが見下ろす先で。

皇帝の異名をもつ指揮官が、椅子に座って口を閉じていた。

「大始祖は倒す。が、白の墓所は残したままで蛮神族だけを解放する——そんな理想論を掲げたまま悠長に挑める事態だと本気で思うか？」

「——」

「ダンテ殿」

「ったく。どいつもこいつも！」

椅子が倒れるほど激しい勢いで、皇帝《ダンテ》がその場に立ち上がった。

「この俺が、そこまで物わかりの悪い木偶《でく》に見えるか？　バルムンク！」

「聡明《そうめい》だと見込んでいる」

「……ならばいい」

そして深々と嘆息。

背後に控えた自分の部下に目配せし、指揮官ダンテは吐き捨てるように宣言した。

「俺の軍からも兵を貸してやる。好きなだけ持っていけ」

3

イオ連邦——
エルフの森と呼ばれる樹海。カイが足を踏み入れたその森は驚くほどに静かで、そして穏やかな光に満ちていた。

地表は種々の花に彩られ、瑞々《みずみず》しい緑が芽吹いている。

「……この森に入るのも、もうこれで三度目か」

一度目はリンネたちと蛮神族の探索のために。

二度目はエルフの巫女《みこ》レーレーンに道案内されて。

カイが歩いている道も、そのレーレーンから教えてもらった特別な小道だ。大型の獣が徘徊《はいかい》する道を迂回《うかい》できる。

だから自分一人でいい。

木漏れ日に誘われるように森の奥へ。大地に描かれた円環模様に触れて、さらに森の奥へと転移した先には。

──エルフの郷《さと》。

住人であったエルフとドワーフと妖精が封印された、空っぽの郷が広がっていた。

廃墟《はいきょ》同然。

五種族大戦に敗れた人間が逃げ去った後のビル群と同じ。薄気味悪いほどの静寂《せいじゃく》だけがそこにある。

……この静寂《さびしさ》と比べれば。

……初めて会った時のレーレーンの、あの喧嘩《けんか》口調の方がまだ温かみがあるかもな。

〝忌々しい〟

〝この郷《さと》に人間の臭いが移れば大事《おおごと》ぞ。さっさとこの地より立ち去れ下劣種が〟

まだ克明に覚えている。

これが人間に対する蛮神族の心情なのだと。間違っても分かり合えることなど無いと、いっそ清々《すがすが》しいほどに苛烈だった。

それが――

レーレーンという蛮神族に変化があったのは、いつの事だっただろう。

〝ワシが同行してるのは主天《しゅてん》アルフレイヤ様の仇《かたき》である牙皇《ラースイーエ》を倒すため。主《ヌシ》とワシの関係もそれで終わりじゃが……〟

〝終わりたくはない。この先、主と命をかけた争いをしたいとも思わんよ〟

「……終わらないさ。こんな終わり方は俺がごめんだ」

黒塗りの銃剣『亜竜爪《ドレイクネイル》』を提げて、エルフの郷を進んでいく。

その広場に天使がいた。

「──────」

雄々しき翼を持つ大天使が、広場に、たった一体でぽつんと立っていた。

主天アルフレイヤ。

蛮神族を統べる英雄の頭には、何十枚という落ち葉が層になって積もっている。

……木から落ちた葉っぱが？

……いったい何十時間立ちっぱなしなら、頭にこれだけの葉が積もるんだ。

おそらく丸一日以上。

この大天使はたった一体で、この郷の広場に立ち尽くしていたに違いない。

「アルフレイヤ？」

「覚悟はしていたが……」

カイの声と足音に、大天使がようやく動いた。

足を引きずるように振り向いて。

「この有様を見るとさすがに苦しいものがあるな。心が砕けてしまいそうだ」

「悪いけど」

そう答えて、カイは首を横に振ってみせた。

「俺もアンタも落ちこんでいる時間はないし、訊《たず》ねたいことがある。大始祖の呪いに取り憑《つ》かれた人間を戻す方法を知りたい」

「――――」

「西の連邦で、おそらく数百人が軽い洗脳状態に陥ってる。意識はあるけど大始祖のことになると態度が急変する」

「先手を打たれたな」

主天《しゆてん》アルフレイヤが、思案を巡らせるように上を向いて。

「お前の言うとおり『軽い』の一言ですむ呪いだな。強制力もそれ程ではあるまい。時間が経《た》てば自然と消えていく代物《しろもの》だろう」

「急を要するんだ。自然治癒は待ってられない」

「なぜだ？」

「大始祖の狙いは支配じゃない。もっと非道な狙いがある気がする」

続きを――

無言でそう促す大天使へ、カイは言葉を続けた。

「同士討ちだよ」

「……なるほど」

アルフレイヤの双眸《そうぼう》が、わずかに鋭さを増した。

「墓所の破壊を妨害するためか？」

「ああ。人間側《おれたち》は、四つの人類反旗軍《レジスト》の連合軍で戦いに挑む計画を立てていた。そこから西《シュルツ》が離脱したような状態になった」

洗脳の理由。

墓所を攻撃する北と東と南の連合軍を、西の人類反旗軍《レジスト》で妨害するため。

……いわば「人間の盾」だ。

……墓所を攻める側と守る側で、銃撃戦にでもなれば人間側の被害は甚大《じんだい》になる。

さあどうする？

墓所を攻めれば、同士討ちで大量の犠牲が出るぞ？

大始祖のそんな邪《よこしま》な意思が透けて見える。

「私は、躊躇《ちゅうちょ》する気はない」

カイの心境を見透かしたように、主天アルフレイヤの口調は強かった。

「人間に犠牲が出るからと墓所への攻撃を思い留《とど》まれば、その間にも人間の被洗脳者はさらに増えるだけ。そうではないか？」

「ああ」

「ならば――」

「強行突破は大始祖の計略どおりだ。この状況で人間側に犠牲が出てみろ。結局また人間と蛮神族は敵対するぞ」

「っ」

アルフレイヤが顔をしかめる。

蛮神族は、人間の犠牲が出るのも躊躇《ためら》わず墓所の攻撃に踏みきった。そうならば蛮神族を冷徹と感じる人間が必ず出るだろう。

「……ではどうしろと？」

「知恵を貸してほしいんだ。大始祖の狙いを挫《くじ》く方法があるんだけど、人間だけじゃ実現は難しいと思う」

言葉を被《かぶ》せるかたちで、カイは、眼前の大天使を見据えた。

「蛮神族《アンタたち》にしかできない方法がある」

World.2

Chapter: 最後の夜

Phy Sew lu, ele tis Es feo r-delis uc l.

1

大陸西部――

夕暮れ色に染まった大草原を、軍用車が二列縦隊で進んでいく。

計八十台。

北《ウルザ》と東《イオ》と南《ユールン》の連合軍となった大部隊がシュルツ人類反旗軍《レジスト》の本部についた時にはもう、陽《ひ》が地平線の向こうに沈みつつある時刻だった。

――クーレンマデル電波塔。

その敷地に入りきらない数の軍用車が次々と停車して、何百人という連合軍の傭兵《ようへい》たちが降りてくる。

「遅くなりましたミン殿」

部下たちを従え、先頭に立つのはジャンヌだ。

「空が明るいうちに到着したかったのですが。これだけの大所帯ゆえどうにも思うようにいかなくて」

「いえいえ、お待ちしておりましたジャンヌ殿」

出迎えたのは西《シュルツ》の指揮官ミン。

茶髪をなびかせた少女の後ろには、その部下たちの姿もある。

「遠路はるばる、あたしたちのために物資の支援をお願いしてしまって恐縮です。復興が大変なのは北《ウルザ》も同じはずなのに……」

「南《ユールン》のおかげですよ。バルムンク殿のご厚意です」

二人の後ろでは、連合軍の傭兵《ようへい》が荷台からコンテナ型の積み荷を降ろす作業中。

電波塔の修復に使う鉱石や送電ケーブル。

いずれもシュルツ連邦では不足している復興物資である。

「わっ、すごい！　これは急いで南《ユールン》にお礼の連絡をしないと！」

「お待ちをミン殿」

「はい？」

「この物資は南《ユールン》だけの協力ではないのです。支援の話をしたところ、南《ユールン》だけでなく東《イオ》からも協力したいという自発的な申し出がありまして」

「……というと」

「ご紹介します」

きょとんと首を傾《かし》げる少女に向けて、ジャンヌは後方の車を指さした。

王族専用車《キャデラック・ワン》が二台。

一つはジャンヌが乗っていた車両だが、もう一つ。

「イオ人類反旗軍《レジスト》の指揮官ダンテ殿です。ミン殿は初めてのご対面かと」

「えっ⁉　えええええっ、な、なんと光栄な！」

慌てて指揮官が姿勢を正す。

車から降りてきた小太りの男に深々と頭を下げて。

「指揮官ミンストラウム・シュルテン・ビスケッティです。ど、どうぞミンとお呼びください っ！」

「――――」

「あ、あのぉ？」

「ダンテだ」

少女が差しだした手を握り返すことなく、指揮官ダンテが大きく溜息《ためいき》。

「丸二日以上も車に缶詰で来てやった。さらに貴重なレアアースも提供してやるわけで、まず言うことがあるだろう」

「っ！　ご、ご支援感謝いたします！」

「俺のための執務室を用意しろ。夜には会議を兼ねた晩餐会《ばんさんかい》を行う。わざわざ東《イオ》から調理器具と食材も用意してやった」

「は、はい……至れり尽くせりな……」

指揮官とはいえ幼い少女だ。

初対面の年上の男、それも凄《すさ》まじく不機嫌な表情で見下ろされて、指揮官ミンの表情がみるみる萎縮してしまう。

「す、すぐに手配します！」

逃げるように去って行く。いや実際に逃げだしたかったのだろう。

残されたのはジャンヌとダンテの二人。

「ダンテ殿」

「何だ？　まさか態度が悪いとでも言うのではないだろうな」

「最高です」

「……くだらん。これもあのカイとかいう男の筋書《シナリオ》きだと聞いたぞ」

「ダンテ殿の演技あってこそ。とても自然な誘導でした」

「一度きりだ」

当人たちにしか聞こえない小声で、指揮官二人は目配せを交わしたのだった。

2

晩餐会《ばんさんかい》――

最も大きな会議室に、連邦の代表が一堂に会していた。

北は、ジャンヌと花琳《ファリン》と統括隊長二名。

東は、ダンテと護衛と統括隊長二名。

南は、不在のバルムンクに代わって代理の統括隊長。

西は、ミンと統括隊長たち。

「郷に入れば郷に従え――」

テーブルの中央で。

指揮官ミンの対面に座した皇帝《ダンテ》が、運ばれてきた前菜《オードブル》の皿を見下ろした。

「その郷についてだが、イオ連邦を訪れた賓客《ゲスト》に振る舞う食事を持参した。ぜひシュルツ連邦の諸君にも味わって頂こう」

「……な、何ですかこれ!?」

指揮官ミンが、顔色を変えて椅子から立ち上がった。

皿に載っていたのは、シュルツ連邦の人間が初めて目にする「野菜」だ。

葉も花もない。

タコの触腕《あし》のように曲がりくねった茎だけの植物が、奇怪などす黒い果実と一緒に茹《ゆ》でてブツ切りにされた料理。

「こ、これは……」

ミンの両隣に座るシュルツの統括隊長たちも、これには驚きだ。

初めて見る植物。

歴戦の傭兵《ようへい》だからこそ、毒々しい植物をつい警戒してしまうのは自然な反応だろう。

「なんと珍妙な……ダンテ殿、これは一体……」

「エルフの森の植物だ」

「これがっ⁉」

「人間の都市だった跡地に、エルフの奴《やつ》らが蒔《ま》いた種子。それが成長して森へと変わった。そのほとんどは到底食えたものではないが、稀《まれ》に食用になるものもある。今では東《イオ》の主食として扱われている素材だ」

そう言って――

毒々しい見た目の野菜を、几帳面《きちょうめん》にフォークとナイフで切り分けていく。

「ミン指揮官」

皇帝《ダンテ》が、ナイフで皿の上の植物を突き刺した。

「それとも何だ。お前は、俺の領土で食われている食料など食えたものではないと。この連邦ではさぞかし美味《うま》い食事にありつけているのだろうな」

「そ、そんなことは……」

「この野菜に毒があるとでも疑っているのか？」

「滅相もありません！」

「ならばいい」

ダンテ自ら、その野菜を口に入れてみせる。

ちなみにジャンヌと花琳《ファリン》の二人は、早々に前菜《オードブル》の皿を完食済みだ。

「食わないのなら取り下げるが？」

「い、いえ！　これがイオ連邦の主食というなら、後学のためにぜひ頂きます！」

エルフの森の植物をフォークで突き刺して、ほぼ丸々、意を決した勢いで少女が自分の口にほうり込んだ。

途端、その愛らしい顔がくしゃくしゃに。

「〰〰〰〰〰〰〰〰っ!?」

「ああ言い忘れたが、茎は虫下しの薬になるくらい苦い。付け合わせの果実と一緒に食うのを推奨する」

「早く言ってくださいーーーーっ!?　に、苦ぁぁあっっっ！」

「さっさと水で飲み下せ」

「うぅ……前菜《オードブル》から大変な目に遭いました……」

差し出されたコップを受け取った指揮官ミンが、水をごくりと飲み干して。

「あれ？」

きょとんと瞬《まばた》き。

野菜の苦さで顔をしかめていた仕草から一転、水が入っているコップを興味津々《しんしん》に覗《のぞ》きこんだ。

「このお水、ふしぎな甘さですね？」

「これもイオ連邦の水だ。苦い野菜と合わせる水だから甘い方があう。俺は苦みに慣れているから平気だがな」

同じくコップを見下ろす皇帝《ダンテ》。

苦さに慣れているの言葉どおり、こちらはコップに口をつける様子がない。

「こちらは気に入ったか？」

「は、はい！　この甘さは砂糖でも入ってるんですか？」

「花の蜜だ。これもエルフの森の植物から採れたばかりのものを持参した」

「わざわざ恐縮です。わたしこれすごく好きです、お代わりがほしいくらい」

「そうか」

小太りの男が、苦笑。

「俺はまっぴらご免だがな」

気難し屋で知られるこの男《ダンテ》が湛《たた》えた初めての笑みは、シュルツ連邦の傭兵《ようへい》たちに向けた、呆《あき》れ混じりの冷笑だった。

「東《イオ》から運んできたのは要求どおり送電ケーブル、エルフの森に咲く食用植物。それに蛮神族が繁殖させている麻痺《まひ》花だ」

「……え？」

「前菜《オードブル》の野菜は、気味の悪い見た目で注意を惹《ひ》くため。本命はその水だ」

指揮官ミンは――

そして部下たちは気づかなかった。

対面のテーブルに座る連合軍の代表たちが、前菜《オードブル》は完食してもコップの水には誰一人として口をつけていなかったことに。

「麻痺花は花粉を吸うだけで体が動かなくなる代物《しろもの》だ。このコップの水には、その花から採った蜜をたっぷり入れてある」

「ダンテ殿？　なにを……っっっ⁉」

立て続けに破砕音。

テーブル上の皿やコップを巻きこんでミン指揮官が倒れ、続いて部下たちも苦悶《くもん》の声を上げて倒れていく。

「これが蛮神族のやり口だ。東《イオ》の苦労がわかったか？」

皇帝《ダンテ》の皮肉に応じる者はいない。

西《シュルツ》の傭兵《ようへい》たちは起き上がれない。そもそも何が起きたのかも理解できていないだろう。仲間であるはずの連合軍がまさか毒を盛るなんて。

「……な、なんで…………」

「申し訳ありませんミン殿」

倒れた少女の傍《かたわ》らに膝をつき、ジャンヌは一度頭を下げた。

「危害を加えるつもりはありません。ですが数日間だけ、このままでいて頂きたい」

「……そ、それは……なぜ……」

「大始祖を討つためです」

「っっっ！」

少女の目の色が変わった。

血走ったまなざしで、自分を見下ろす「敵《ジャンヌ》」をにらみつける。

「…………っ…………」

「そう。今のあなたたちは大始祖の洗脳下にある。我々が墓所に向かうと言えば必ず妨害されるでしょう。我々はあなたを無力化する必要があったのです。――花琳《ファリン》、どうだ？」

「計画以上に計画どおりです」

通路に出た花琳が見回す先には。

倒れて動けないシュルツ人類反旗軍《レジスト》の近衛兵《このえへい》。彼らも晩餐会《ばんさんかい》の水と同じものを提供され、口にした後だ。それをジャンヌの部下たちが次々と拘束していく。

「無血の本部制圧。順調ですねジャンヌ様」

「……後味は悪いが」

「その怒りは大始祖にぶつけるべきでしょう」

「わかってる」

苦々しい感情を胸の奥に押しやって、ジャンヌは背後の部下たちに振り返った。

「バルムンク殿に伝えてくれ。本部の制圧に成功したと」

‖

シュルツ連邦・西部。

真夜中の草原に並ぶテント群は、ミン指揮官が派遣させた調査隊の拠点である。

その拠点の一画で。

「すなわち！　俺たちユールン人類反旗軍《レジスト》にとって聖霊族は、有史以来の強敵だった！　奴《やつ》らはとにかく理不尽でな。銃の弾丸がすり抜けるし、コンクリート壁で都市を覆《おお》っても、そのコンクリートの中を泳ぐように通過してくる」

「……ふぁぁ」

「そこで俺の先々代の指揮官が取った対抗策が、機関銃《マシンガン》ではなく擲弾銃《グレネードガン》への切り替えだった。鉄の弾丸ではなく焼夷弾《しょういだん》。要するに炎で焼き払うという手段だな。今でこそ常識だが、当時としては相当な博打《ばくち》として賛否両論だったと聞く」

「……むにゃ」

「俺たちは聖霊族への反撃手段を模索し続けた。だが！　そこで現れたのが奴《やつ》らの首魁《ボス》だ。聖霊族のなかで唯一、人間の言葉を学習する個体がいた。それが六元鏡光《リクゲンキヨウコ》。先代の指揮官率いる部隊を壊滅同然に追いこんだ宿敵だ。わかるな？」

「…………………」

「俺と六元鏡光《ヤツ》の因縁はここから——っておい!?　チビ！」

テントに響きわたる大声を上げて、ユールン人類反旗軍《レジスト》の指揮官バルムンクはその場で勢いよく立ち上がった。

目の前のテーブルへ、力強く拳を振り下ろして。

「ええい起きろ！」

「ひゃんっ!?」

バルムンクの拳で机が揺れる。

その轟音《ごうおん》で、テーブル上で微睡《まどろ》んでいた大妖精が飛び起きた。

「な、何するの人間!?」

大妖精シルク。

爛々《らんらん》とした金色の瞳に、緑を基調にしたグラデーションの髪をした妖精だ。
お伽話《とぎばなし》の魔法使いのような大きな帽子と裾の長いローブ。背丈は、バルムンクの膝より
わずかに高い程度だろう。

多くの蛮神族が封印されたなか、封印を免れた数少ない「生き残り」である。

「はっ⁉　まさかシルクに乱暴する気じゃ……シルクが寝てる隙に何をする気なの！」

「……作戦途中だ。寝てもらっては困る」

「助けてアルフレイヤしゃま！」

「何を勘違いしている⁉」

ゆっくりと椅子に座り直して、バルムンクは大きな大きなため息をついた。

「そもそもだ。退屈しのぎに何か話せといったのはお前だろう」

「あれ」

大妖精が頭を傾《かし》げる。

「……そうだったかも」

「そうだ。ま、当初の予定以上に制圧がうまく進んだのは俺も驚きだった。うまく行き過
ぎて逆に手持ち無沙汰になったのは否《いな》めんが」

バルムンクと大妖精《シルク》がいるテントは、この拠点の作戦室だ。

本来なら西の傭兵《シュルツようへい》たちの待機場である。なぜ二人がここに陣取っているかというと、こ

の拠点を既に「強奪」したからだ。

「……蛮神族の手口か。俺もジャンヌ殿から聞くまで半信半疑だったが」

テントの隅を一瞥《いちべつ》。

そこに積み重ねられているのは蛮神族がエルフの森で摘《つ》んできた花の花束《ブーケ》だが、正体は猛毒の麻痺《まひ》花だという。

大妖精《シルク》がこの花束《ブーケ》を振り回すだけで、この拠点の傭兵《ようへい》たちが次々と倒れていった。

「まさか花粉を一息吸っただけで行動不能とはな……恐ろしい花だ」

何より恐るべきは――

歴戦の傭兵たちが、たった一体の大妖精《シルク》に制圧されたことだ。

これが蛮神族。

作戦を実行する側であったはずのバルムンクさえ、このあまりに「静かすぎる」侵略の光景には言葉を失った。

「こんな無邪気そうな見た目のチビでも、さすが蛮神族というわけか」

「んー？」

「いや何でもない。こっちの話だ」

チビという単語に反応する大妖精《シルク》に、バルムンクは首を横に振ってみせた。

と。

「バルムンク様！」

テントの外から足音が。

呼ばれたバルムンクが顔を向けるや、部下の一人が息を切らせて飛びこんできた。

「電波塔より報告がありました！」

「ジャンヌ殿だな」

シュルツ人類反旗軍《レジスト》の本部からだろう。

向こうには指揮官ミンをはじめ、この拠点とは比較にならない数の傭兵がいる。彼らの無力化こそが最重要だ。

——晩餐会《ばんさんかい》の食事に、麻痺花の蜜を盛る。

もし失敗すれば逆にジャンヌたちの身が危うくなる、大博打《おおばくち》である。

「状況はどうだ」

「はっ、本部の制圧に成功したとのことです！」

「でかした。さすがはジャンヌ殿」

ほっと胸をなでおろす。

「一安心だな。三十分後に俺からジャンヌ殿に連絡する。そう伝えろ」

「はいっ！」

部下が一礼して去っていく。

その背中が闇夜の中に消えていくのを見送った後、バルムンクは「さて……」と正面に向き直った。

「おい出てきていいぞ」

「…………」

「俺の部下は出て行った。そう怖がるな」

「こ、怖がってないんだから！」

ぴょん、と大妖精《シルク》が飛びだした。

バルムンクが部下と話している間ずっと、この小人はテントの物陰にうずくまって息を潜めていたらしい。

「シルクってば、ちょっと隠れただけだし！」

「……まだ慣れんのか」

蛮神族の、ヒトへの警戒心は強い。

極楽鳥《ゴッドバード》との死闘を共にしたバルムンクには唯一まともに口をきくものの、部下たちとは目を合わせようともしない。

「まあいい。とにかくも協力には感謝する」

「うん？」

「ここからも見えるだろうが、俺たちの狙いはあの薄気味悪いピラミッドだ」

テントの外を指さした。

無明の闇のなか、異様なほど煌々《こうこう》と輝く巨大な建造物がそびえ立っているのが肉眼でもはっきりと視認できる。

「そしてここは墓所に一番近い拠点だった」

白の墓所を攻撃しようとすれば——

大始祖に洗脳された傭兵《ようへい》たちに妨害されたことだろう。ゆえに、まずは彼らの無力化が必要だった。

「ここを無血で制圧できたおかげで、明日、俺たちは何の妨害もなく墓所に総攻撃をしかけることができる」

「……人間の事情《こと》はよくわかんないけど」

大妖精が首を傾《かし》げてきょとんと瞬《まばた》き。

「シルクが凄《すご》いってこと？」

「まあそうだな」

「やった！　じゃあ今からシルクが人間《おまえ》のご主人様ね！」

「なぜそうなる⁉　ええい離れろ。俺の頭の上に飛び乗ってくるんじゃない！」

飛びついてくる大妖精を慌てて引《ひ》き剥《は》がした。危うく主従関係を結ばされそうになるのを、人間の威厳でもって押し返す。

そんな一瞬に——

バルムンクの脳裏を過《よぎ》っていったのは、奇妙な懐かしさを覚えるやり取りだった。

〝鏡光《キョウコ》のペットがついてきた。躾《しつけ》が足りなかったか……〟

〝なぁにが貴様のペットだ!?〟

〝鏡光がいなくて寂《さび》しかった？〟

あまりに突然に消えていった霊元首《れいげんしゅ》・六元《リクゲン》鏡光。

宿敵のはずだった。

それが決着も歯切れの良い終わりも迎えることなく、墓所へと封印されてしまった。

「………………」

「ん？　どうした人間？」

「ったく。お前のせいだぞチビ。後味の悪いものを思いだしただろうが」

シルクのかぶっている帽子を頭ごと押さえつける。

「ちょっ!?　何するの！」

「あのいけ好かない聖霊族を解放するのは、俺とて苦渋の決断ではあるが」

「聞いてる!?　ねえ人間ってば！」

「まだアイツと納得いく決着をつけておらんからな」

自嘲じみた苦笑いを滲《にじ》ませて、バルムンクは立ち上がったのだった。

「さてと。ジャンヌ殿と最後の作戦会議といくか。待っていろ大始祖ども、俺たちは明日、貴様らの塒《ねぐら》に飛びこむぞ」

3

シュルツ人類反旗軍《レジスト》・本部。

ぼんやりと常夜灯に照らされた薄暗い広場で。

「――――」

カイは、左手に通信機を握りしめ、どこでもない夜の虚空を見つめていた。

……そういえば。

……あの時も、夕暮れが過ぎて夜に差しかかってたな。

他種族《すべて》が封印された直後の光景。隙間風のごとく脳裏を過っていくのは、ある機鋼種《きこうしゅ》との壮絶な死闘だ。

血に染まったような鋼の怪物――

集約生命体マザー・B。そう名乗った機鋼種の個体だった。

〝お前が人間でよかった〟

〝ちっぽけな存在でよかった。そこに力さえ備わっていれば、お前は脅威となっていただろうからねぇ〟

思えば。

あの怪物は何もかもが特異だった。

これまで自分《カイ》が「二度」戦った唯一の敵が、あのマザー・Bだから。

一度目は、白の墓所が浮上する前に。

二度目は、リンネが消滅した直後。

あの冥帝《ヴァネッサ》や牙皇《ラースイーエ》さえ再戦はなかった。だからだろうか。機鋼種《きこうしゅ》マザー・Bの嘲笑《ちょうしょう》が今も自分の胸に、歪《いびつ》な棘《とげ》のように刺さったままでいる。

……それに、アイツだけなんだ。

……俺というただの人間を、誰より真正面から「脅威」だなんて言ったのは。

人間という種族は強くない。

世界座標の鍵《コードホルダー》がなければ冥帝《ヴァネッサ》も牙皇《ラースイーエ》も六元鏡光《リクゲンキョウコ》も、主天《アルフレイヤ》も、カイという人間に一目置くことはなかっただろう。

だが機鋼種マザー・Bは違う。

世界座標の鍵《コードホルダー》を失っていた自分《カイ》を見て、それでもなお脅威だからという理由で襲いかかってきたのだ。

真に恐るべきは世界座標の鍵《コードホルダー》ではない、と。

〝蛮神族《エルフ》から霊薬を与えられ、悪魔族《サキュバス》とあの雑種《まざりもの》を従えていたお前には〟

〝世界種族の王になる可能性があった〟

蛮神族《エルフ》のレーレーンに霊光エルフ弾を授かって。

悪魔族《サキュバス》のハインマリルと共闘して。

さらに雑種《まざりもの》と呼ばれた世界種リンネからは――

「……そうだな。俺はいつも与えてもらってばっかりだ。特にリンネからは……」

凍える夜の空気を吸って。

カイは、白く濁る息をそっと吐きだした。

「数えきれないな。とてもじゃないけど」

自分だけじゃない。

どれだけの人間が助けられたことだろう。

……リンネがいなかったら冥帝《ヴァネッサ》から王都ウルザークは取り戻せなかった。

……ウルザ人類反旗軍《レジスト》も全滅だった。

今の自分もいなかった。こうして生きていられることが奇跡だとさえ思う。

言い換えるなら——

リンネと出逢《であ》った瞬間《とき》に、きっと、すべてが始まった。


心の底からそう思う。

だからこそ墓所に挑むのだ。リンネとの出会いを「思い出」にはしたくない。まだ彼女がいる未来は残っている。

そう信じたい。

「……必ずだ。リンネは戻ってくる」

自分自身に言い聞かせる。

この葛藤も今夜が最後だろう。明日にはすべての決着がつくはずだから。

と。

——着信。

カイの左手で、無音だった通信機が小さく鳴り響いた。

『私だ、遅くなってすまない』

「ジャンヌ？　よかった、連絡もらえてほっとした」

聞こえてくる声にさっと我に返って、カイは通信機を耳にあてた。

押し殺した声で。

「連絡が来たってことは上手《うま》くいったんだよな」

『もちろん。ミン殿の身柄は拘束できた。バルムンク殿の部隊もうまくやってくれたらしい。……蛮神族の協力に感謝するほかない』

「主天《アルフレイヤ》に頼みこんだ甲斐《かい》があったよ」

思わず胸をなで下ろす。

こちらは本部建物の外。

凍えるような寒風に身を晒《さら》しながら、建物の外に隠れ、何かあればいつでもジャンヌの下に駆けつけられるよう待機中だった身だ。

「ほらイオ人類反旗軍《レジスト》のダンテが、エルフの森で罠《わな》にかかって捕まったことがあっただろ。妖精の力を借りれば同じことができるかなって。晩餐会《ばんさんかい》の場でバレたら相当まずいことになってただろうけど」

『発案者が何をいう』

「いや、ジャンヌの表情で怪しまれるかなって。隠し事すると顔に出るし」

『……今ひとつ理解に苦しむが』

「こっちの話。ああ、あと順番が逆になったけど外も制圧が終わってる」

カイの後ろには、麻痺花《まひ》の毒で倒れた傭兵《ようへい》たちが十数人。この広場の見張りをしていた西《シュルツ》の傭兵たちだ。

「おい人間、おわったぞー」

小さな足音。

電波塔の放つ光に照らされて、極彩色の大妖精が駆けてきた。

大きな帽子と裾の長いローブ。カイが面識ある大妖精シルクと似た服装だが、こちらはまた別の個体である。

麻痺花の花束《ブーケ》を握って振り回しながら。

「おーい人間」

「ま、待った！　その花束《ブーケ》を俺の前で振り回すなって!?」

「ああそっか。ナレランテうっかり」

ナレランテと名乗る大妖精が、麻痺花を後ろに隠す。

蛮神族のほとんどが封印されたなか、わずかに逃げのびた一体だ。

——妖精が十五体。

——ドワーフが十八体。

封印から生き残った蛮神族の内訳である。

このうち妖精十体が主天《しゆてん》アルフレイヤの命でここに同行し、傭兵たちを片っ端から無力化していった。

……発案者の俺が言うのも奇妙だけど。

……こうも上手《うま》くいくものなのか。予行練習もできる余裕なかったのに。

西《シュルツ》は、蛮神族を知らない。

幻獣族との戦闘経験しかない傭兵に、「毒を盛る」蛮神族の侵略はまさに想定不可能の奇襲だったことだろう。

「おい人間、シルクどこいった？」

「墓所に向かってるよ。墓所の前にも大始祖に洗脳された部隊がいるから、そっちの拘束を助けてもらってる」

「あの毛むくじゃらの人間と？」

「……バルムンク指揮官のことなら、合ってる」

「わかった」

それだけ残して離れていく。

あまりに素っ気ない反応だが、これが蛮神族の素直な反応なのだろう。自分《カイ》に対しても、まだ警戒しながらの接し方だ。

……仲間を取り戻すために、人間にも渋々協力するって感じだな。

……でもそれで十分か。

人間と蛮神族は相容《あいい》れない。

こうして一時的な共闘ができるだけでも、この世界では奇跡のようなことだから。

「人間」

再びそう呼ばれて。

カイが振り向いた先には、ナレランテを先頭に大妖精たちが集まっていた。

全部で九体。

一足先にバルムンクと墓所に向かった一体《シルク》を除けば、この拠点にいるすべての蛮神族だ。

「……アルフレイヤしゃまに言われたから、やった」

大妖精の一体に、上目遣いに見つめられた。

「絶対にアルフレイヤしゃまを裏切るな。裏切ったら許さない」

強いまなざし。

大妖精の瞳に灯《とも》る輝きだけでも、蛮神族の英雄に対する忠誠心が伝わってくる。

……凄《すご》いな。

……種族の英雄っていうのは、こんなにも仲間から慕われるものなのか。

その主天《しゆてん》アルフレイヤはまだいない。

準備があるからとエルフの森に残り、後から合流する手筈《てはず》になっている。

「わかったか」

「ああ当然だ。俺だって――」

こちらを見上げる蛮神族たちに、カイは素直に頷《うなず》いた。

「俺だって助けたい気持ちは同じだよ。お前たち蛮神族でいうならレーレーンには借りがある。何があっても解放してやりたい」

「……ならいい」

「それに、どうにか救ってやりたい奴《やつ》もいる」

「救う？」

その言葉が誰を示すものなのか。

大妖精たちには理解できなかったに違いない。

〝ずっと……一人だもん。わたし、仲間なんていない……〟

〝俺がいる〟

「そう言ったのは俺だしな」

「？」

「……いやごめん、何でもないよ」

不思議そうな表情の大妖精たちに、カイは微苦笑で応えてみせた。

「墓所は必ず破壊する。必ずだ。だから待っててくれ——サキ、アシュラン。こっちだこっち！」

声を張り上げた。

ちょうど倉庫裏にやってきた二人に手を振って、カイが取りだしたのは軍用車の鍵だ。それを放り投げる。

「出番だアシュラン。サキも同行してくれ」

「ああ？　何だ何だ、用事があるっていきなり……この鍵、軍用車のじゃねえか」

「アタシらに何をしろって？」

「善は急げっていうだろ。俺たちが西《シュルツ》の傭兵《ようへい》を無力化したことも、大始祖は遅かれ早かれ必ず気づく。その前に行動しておきたいんだ」

カイが見つめる先は、本部の外。

幽《かす》かな星明かりだけが照らす夜の草原をまっすぐ指さして。

「今すぐ白の墓所へ向かいたい」

「おい⁉」

「ちょっと待ちなさいよ⁉　そもそも出発って……北《ウルザ》と東《イオ》と南《ユールン》の連合軍で明日の明け方に一斉行動だって命令されてるじゃない！」

「ジャンヌには後で許可をもらう」

「先にもらっとけよ!?」

「先にもらいなさいよ!?」

「ジャンヌは忙しいだろ。何てったって指揮官なんだから。それにここで夜明けを待っても意味がない」

壁に立てかけていた黒塗りの銃剣「亜竜爪《ドレイクネイル》」。

それを提げてカイは颯爽《さっそう》と歩きだした。

「あとは大始祖と対決するだけだ」

白の墓所「最深部」——。

祈りの大聖堂。

ステンドグラスに彩られた大広間は、静かだった。

墓所の外の喧噪《けんそう》など細波《さざなみ》の音ほども聞こえない。そんな広間に、小さな小さな吐息が生まれ、波紋のように広がっていく。


『……っ……ぁ………っ。ぐ………』


苦悶《くもん》の声。

全身を蝕《むしば》む激痛と、全身が改変されつつある異物感が絶え間なく押し寄せてくる。

泣きたくもないのに——

目に滲《にじ》む涙を止められない。

『力を……使いすぎましたか……二人のシド……さすが大始祖の力を受けた者たち。私も、

この姿でなければ……この姿になるしかなかった……』

ごそり、と。

闇の中で巨大な気配が蠢《うごめ》いた。壁に寄りかかるだけで墓所の壁面が罅《ひび》割れるその重量は、幻獣族や守護獣《アメミット》さえ上回るだろう。

天井からさしこむ一筋の光。

そこに照らしだされたのは巨大な蛇のごとき尾。そして骨と皮膜だけでできた翼だ。

――切除器官《ラスタライザ》。

もしもこの場に人類反旗軍《レジスト》の傭兵《ようへい》たちがいれば、闇に蠢く怪物を見上げて悲鳴を発していただろう。

それほどまでに不気味な怪物が。

『あと……あと少しだから。もうちょっとだけ……まだ私は、私でいなければいけないの。完全に切除器官《ラスタライザ》化するわけには………』

儚《はかな》い女声を紡ぎだした。

世界種アスラソラカの声。むしろ声まで完全なる怪物と化していた方が、諦めがついていたかもしれないが。

『………』

あらゆる種族の因子が「ごちゃ混ぜ」になった存在――切除器官《ラスタライザ》。この怪物を目撃した預言者シドは、かつてこう表現した。

〝切除器官《ラスタライザ》は、どこか世界種《リンネ》に似ているように見えた〟

彼の推測は間違っていなかった。

切除器官《ラスタライザ》の正体は「かつて世界種だったもの」。

リンネが消滅したように――

五種族大戦によって世界種の生まれる未来が潰《つい》えた。その怨念で生まれた、なれの果ての怪物たちだ。

世界種アスラソラカは、まさにその進化途中にある。

『……無座標化《ゼロコード》』

アスラソラカの声に応じて。

小さな黒渦が虚空から何百と生まれて、それが一斉に闇の中の――アスラソラカ自身の身体《からだ》にまとわりついた。

そして消去。

怪物になりかけていた巨体が黒渦に削り取られ、削られた部位が石になっていく。

かつて主天《しゅてん》アルフレイヤが無座標化《ゼロコード》で石化したのと同じように。

『……ぐっ……う……！』

切除器官《ラスタライザ》の能力『無座標化《ゼロコード》』で。

自分自身の肉体をあえて消去することで、肉体が完全な切除器官《ラスタライザ》に変貌するのをかろうじて食い止める。

そう。

これこそ祈子《いのりご》アスラソラカが「石の女神像」だった最大の理由だ。

正体を隠すためではない。

こうして身を石化させなければ、アスラソラカという世界種の肉体はとうに切除器官《ラスタライザ》に変貌して自我を失っていただろう。

『…………………』

ピシッ

ピシリッ

弾《はじ》けるような音を立てて巨大な怪物が石になっていく。下半身が石化し、次第に腹部を通って首まで石化が進んでいく。

極限の二重苦。

肉体が切除器官《ラスタライザ》へと変貌していく浸食感と、それを食い止めるために自分の肉体を削るという激痛。

『カイ。わたしは忠告したのに……もうリンネは諦めなさいと……でもあなたはきっと、墓所《ここ》までやってくるのでしょうね』

首から上まで石化していく。

指一つ動かせない肉体で、天に祈るがごとく頭上を見上げて――

『ただただ無駄なことなのに』

再びアスラソラカは石の女神像と化した。

World.3

Chapter: 白の墓所へ

Phy Sew lu, ele tis Es feo r-delis uc l.

1

墓所について。

黒の墓所を解析した主天《しゅてん》アルフレイヤは、これを「巨大な法具」だと断定した。法力を遮断する――四種族を捕らえてその法力を封じる法具だと。

「俺はアレの詳しい理屈を知らん。聞く気もない」

巨大な連峰を背にそびえたつ白の墓所。

陽《ひ》を浴びて燦々《さんさん》と輝く超巨大建造物《ソレ》を見上げて、南の指揮官バルムンクは忌々しげに口にした。

「再建不能に破壊する。それで終《しま》いだ」

「賛成です」

応じるのはジャンヌ。

二人の指揮官の後ろには北《ウルザ》と南《ユールン》の連合軍が待機している。

——作戦開始時間。

そこにカイとサキ、そしてアシュランの姿はなかった。

が。

===

「だーかーらーっ！　カイってばどうすんのよ⁉　アタシたち完全に遅刻じゃない！」

「遅刻じゃない。誰よりも早く墓所に到着してる」

「到着って……アタシたちがいるのは墓所の裏よ裏！　ジャンヌ様たちがいるのは正面！　まるきり集合場所と反対じゃない！」

巨大なピラミッドの裏側——

ちょうど太陽を背にして巨大な影が伸びている、その影を縫うように、一台の軍用車が荒れ地を走り続けていた。

「おーいカイ。これで満足か？」

「いま確認してる」

車の天窓から顔を出して、カイが見つめる先はピラミッドの外壁。

穴が開くほど入念に確かめて。

「暗がりだから見えにくいな。アシュラン、もっと近づいてみてくれ」

「あいよ」

「あ、逆だ。アシュラン、やっぱり遠くから見たい。後戻りで」

「どっちだよ⁉」

アシュランが慌ててハンドルを大きく切る。

「ったく……いったい何なんだってんだ。集合時間でみんなが集まってるってのに、俺らだけ別行動するかよ普通⁉」

「ジャンヌには許可をもらった」

「いや、それは当然だけどよ……」

ハンドルを握るアシュランが、深々とため息。

「お前の言う『突入できる裏口があるかもしれない』っての、本当なのか？」

「それは間違いない。ただ、俺が知ってるのは悪魔の墓所だけだ」

この世界《カイ》で――

自分が悪魔の墓所に潜った時の扉は正面ではない。裏側だ。しかし外壁を見上げても、ここにはそれらしき物が見当たらない。

「……塞がれたか。正面の扉も封鎖されてたし、そう簡単に突入させないと」

大始祖《じぶんたち》は最初から警戒していたのだろう。

大始祖の企み《たくら》が人間側に知られることで、怒りを覚えた人間が墓所に突撃してくることも想定済み。

……極楽鳥《ゴッドバード》を従えるくらい強大なくせに。

……どれだけ用意周到で狡猾《こうかつ》なんだ。

人間以上に「ずる賢い」。

それこそが蛮神族にも悪魔族にもない、大始祖の真の脅威なのだろう。

「アシュラン、一時停止」

急停止した車から外に出る。

砂混じりの風が吹きすさぶなか、カイの胸元で通信機の着信音が鳴り響いていた。

「お待たせジャンヌ」

『だいぶ待たされたぞ。正面はもう全員が待機中だ。早速だが心当たりのある突入ルートとやらは？』

「無かった。正確に言うと塞がれたんだと思う」

『……大始祖か？』

「十中八九。でも収穫はあった。奴《やつ》らはピラミッドの内部に俺たちが突入するのを露骨に嫌がってる。潜りこまれたらまずいってことだ」

『墓所の中に突入さえできれば、蛮神族も簡単に解放できると？』

「たぶん」

『ならば話は早いっ！』

ジャンヌの声を遮って、雄叫《おたけ》びのような大声が伝わってきた。

彼女《ジャンヌ》の隣にいるもう一人の指揮官だ。

『一斉砲撃の準備は整った。カイ、お前たちはそのまま墓所の裏に隠れているがいい』

『ちょ、ちょっとバルムンク殿⁉』

『第一砲撃隊、撃てぃ！』

通信機から響く発砲命令。

墓所の正面側から発射と着弾、さらに火薬の炸裂音《さくれつおん》がけたたましく轟《とどろ》いた。

「きゃぁっ⁉　い、いきなりすぎよ！」

鼓膜がビリビリと痛むほどの爆音に、サキが慌てて車内に避難。

砲撃はすべて正面の外壁に集中。裏側のカイが見ることは叶《かな》わないものの、この音だけでも十二分に規模が推し量れる。

……北《ウルザ》からはカノン砲が持ち込まれてる。

……南《ユールン》からは生体焼滅砲か。

かたや対悪魔族。

かたや対聖霊族。

二つの連邦で改良を積み重ねられてきた兵器だが……カイの目に映ったものは、そんな兵器をも凌駕《りようが》する人知を超えた現象だった。

色が変わっていく。

「墓所の外壁が……⁉」

真っ白だった墓所の石材が、塗料《ペンキ》を浴びたように赤く染まっていくではないか。

石が放熱しているのだ。

熱された大気が陽炎《かげろう》のように揺らぎ始めたのは、そのせいだろう。

「な、何よあれ。どうなってるのよアシュラン！」

「わかるわけねぇだろ！　おいカイ、あれは何だってんだ⁉」

「……俺も初めて見る」

そびえたつ墓所を睨《にら》み続ける。

砲撃の音は止《や》んでいない。ピラミッドの正面で何が起きているのか、裏側にいる自分たちには想像しかできないが。

「ジャンヌ、俺だ！　いま砲撃はどうなっている！」

『ジャンヌ様、砲撃が……通じていません！』

飛び込んできたのは、部下からの悲鳴じみた報告だった。

『破損なし！　ユールン人類反旗軍《レジスト》の生体焼滅砲も、熱がすべて吸収されています！』

それが答え。

墓所の色が変わったことと無関係であるはずがない。

「まさか放熱防壁⁉　人類庇護《ひご》庁の最新防壁だぞ……！」

悪魔の法術からビルを守ることを想定して開発された代物《しろもの》だ。

あのピラミッドの石材がそれと同じなら、外壁をいくら炙《あぶ》ろうと意味がない。

強力な放熱効果によって焼夷弾《しょういだん》の熱も片っ端から大気に放出されてしまい、外壁を焼き貫けないのだ。

「ジャンヌ、徹甲弾だ！」

通信機に向かって再び吠《ほ》える。

「あの壁を熱で溶かすのは困難だ。外壁を撃ち抜く方が――――」

「人間、ここ危ないよー」

ひゅんっ、と。

見覚えある小人が着地。

別行動だった大妖精シルクが空から降ってきた。妖精の力で風を操り、気流に乗ってここまできたのだろう。

「アルフレイヤしゃまが到着したよ」

「ようやくか！　……でもどこに？」

イオ連邦に残っていた主天《アルフレイヤ》。しかしカイが見渡しても、地上のどこにも大天使の姿がない。

「あそこ」

大妖精が指さしたのは頭上。

カイが、サキが、アシュランが見上げた蒼穹《そうきゅう》を覆《おお》い尽くすように、巨大な物体が上空を滑るように迫ってきていた。

「天使宮殿!? この連邦《イオ》まで運んできたのか!」

東から西《シュルツ》までの超距離移動。

その力の充填《じゅうてん》のために時間を要したというのなら、主天《しゅてん》アルフレイヤの到着がようやくというのも頷《うなず》ける。

ただし、頭上を見続ける余裕はなかった。

「『離れておけ』だって」

大妖精シルクの暢気《のんき》な一言に、カイは思わず息を止めていた。

思い出した。

天使宮殿はただの住処《すみか》にあらず。蛮神族の主砲とも言うべき兵器であることを。

「ジャンヌ、伏せろ!」

『え?』

「その場の全員に命令だ。とんでもない一撃が降ってくるぞ！」

通信機に怒鳴るや、大妖精を抱えて自動車に飛び乗った。

「アシュラン、発進！」

「お、おう？」

「早く！　一メートルでも遠くに墓所から避難だ！」

墓所の正面ではジャンヌたちが地に伏せて。墓所の裏では、カイたちを乗せた軍用車が猛スピードで急発進。

時間にしてわずか数秒後——

地に立つ者たちは、天から降りそそぐ声を聞いた。

〝本物の兵器というのを披露してやろう〟

天使宮殿が、発光。

ユールン人類反旗軍《レジスト》の生体焼滅砲の何十倍であろう閃光《レイ》が、人間には視認さえ許さない速度で降りそそぎ——

白の墓所を、貫いた。

無数の音と衝撃波と瓦礫《がれき》がはじけ飛ぶ。その衝撃に目を閉じて……再びカイが見上げた墓所の側面には、外壁を穿《うが》つ巨大な穴が生まれていた。

「わぁ、さすがアルフレイヤしゃま！」

「どう見てもやり過ぎだろうがっ!?」

アシュランの握るハンドルが急回転。

車体が急旋回する目の前に、巨大な岩の破片が次々と落ちてくる。遠ざかっていなければ一大事だ。

「……くそっ、危ねえ。こんな瓦礫が降ってきたら屋根なんか余裕で貫通するぞ」

「大丈夫だアシュラン、第二波はない。車を止めてくれ」

「ああ？」

「もう終わったみたいだ」

天使宮殿が地表に着陸。程なくして、そこから六枚翼の天使が姿を見せた。砂埃《すなぼこり》が舞うなかを歩いてくる。

「アルフレイヤしゃま！」

「シルクよ、私は昨夜のうちに『墓所から人間を遠ざけろ』と言ったはずだが？」

「遠ざけました！」

「昨夜のうちにだが」

「遠ざけました！」

「……まあいい。こちらで威力は調整した、余波は軽微だ」

握りこぶし大の瓦礫《がれき》を踏みつける主天《しゅてん》アルフレイヤ。

そびえ立つ墓所の外壁にできた大穴からは黒煙が上がり、いまも濛々《もうもう》と砂塵《さじん》が立ちこめている。

「アルフレイヤ、今すぐ突入か？」

「無論だ」

背中に声をかけるカイに、大天使が振り向いた。

「予想していたが、やはり単なる物理的な封印ではないな。これだけの大穴を開けても、閉じこめられた四種族が一体も出てこないとなれば……」

「解放するのにも条件がある？」

「空間を圧縮する類《たぐい》の結界だろう。結界を壊せばいい」

「……わかった」

背に担いでいた亜竜爪《ドレイクネイル》を手に提げる。

後ろのサキとアシュランもそれぞれ銃を提げている。シュルツ人類反旗軍《レジスト》で使用される大口径の自動小銃《バトルライフル》。幻獣族にも通用する破壊力の代物《しろもの》だ。

「ジャンヌ、俺だ。主天《アルフレイヤ》と合流した」

『承知した。……先ほどの光線には少々驚いたが、逆に、これだけの力を持った蛮神族が仲間というのは心強い』

「今すぐ突入しよう。壁に空いた大穴からだ」

人間の連合軍と蛮神族の生き残りが、有史以来、異例であろう共闘へ。

その目的は二つ。

――墓所の完全破壊と、それにともなう四種族の解放。

――大始祖の撃破。

そして。

〝五種族の共存という未来が消えたいま、その象徴であるリンネは存在できない〟

〝これが人間《あなたたち》の望んだもっとも綺麗《きれい》な未来《エンディング》なのです〟

彼女を取り返す。

このどうしようもなく綺麗な未来から。

「速やかに終わらせる。ついてこい」

「ああ、俺も異論はないよ。最初から最後まで全力だ」

白の墓所へ――

カイは、蛮神族の英雄とともに突入した。

2

未解析神造遺跡《メガリス》。

大始祖が手がけたこの巨大な建造物《ピラミッド》は、人間の研究者が何十年を費やしても一向に正体が掴《つか》めなかった。

それを「巨大な法具」と解析したのは蛮神族《アルフレイヤ》である、が。

「同じ物とは思わぬことだ。黒の墓所とコレはまるで別物だな」

白の墓所――

その壁面に空いた大穴から目を離すことなく、大天使は、後ろに立つカイに向かってそう口にした。

「私が調べた黒の墓所とは似て非なるもの。何があるかわからない」

「……俺もそんな気がするよ」

大穴の向こうから溢《あふ》れてくる光に、カイは目を細めた。

眩《まぶ》しい。

まるで煌々《こうこう》と光るシャンデリアに照らされた室内のような、そんな明るさが墓所の内側から漏れ出てきている。

……黒の墓所は真っ暗だった。

……そこからして違う。アルフレイヤもそれを警戒してるはず。

内部を探索するには都合がいいが。

この明るさが逆に罠《わな》ではないかと思えてしまう。いや、そう思って進むべきだろう。

「バルムンク指揮官、報告します！」

数人の傭兵《ようへい》が、穴の内側から早足で駆けてきた。

一足先に突入した南の斥候部隊《ユールン》が、息を切らせながら。

「穴の向こうですが、四十メートルほど下り坂の直進通路です。視界は良好。光はその奥からです」

「奥からだと？　その先はどうなっている」

「空き地のような広い空間です。ですが、そこで行き止まりになっております」

「……ただの閉鎖空間か？」

部下からの報告に眉をひそめるバルムンク。

「おい天使。俺も理屈はよく知らんが、この墓所が巨大な法具なら、法力で起動する扉や床というのはあり得るか？」

「あり得るが、そんな扉を探すのは億劫《おっくう》だ」

アルフレイヤが歩きだした。

天使宮殿の砲撃で生まれた大穴をくぐり抜け、斥候部隊の横をすり抜けて、直進の通路を大股で進んでいく。

「壁を壊して奥に向かう」

「お、おい!?」

「共闘は約束したが、私は私のやり方で進む」

アルフレイヤが先頭。

後ろにカイと大妖精シルクが並び、さらに指揮官のジャンヌやバルムンクと部下たちが続々とついていく。

——墓所内部へ。

床も壁も鏡のように磨き上げられ、歩く自分たちの姿が映るほどに美しい。通路も同じ石材だが、こちらはうっすらと文様が刻まれている。

文字?

それとも何かの絵?

現代の人間文明の物とは違う記号が、石材一つ一つに無数に刻まれている。

「俺の勘違いかもしれないけど、エルフの森にさ、これと似た模様の罠《わな》がなかったっけ。触ると転移させられる仕掛けで」

「ぜんぜん違うよー」

声は、カイの膝あたりから。

隣を歩く大妖精シルクが、足下の文様を指さしてみせた。

「法力を感じないもん。この床はただの石で、この模様もただの絵」

「断言してくれるのは心強いよ。この床には罠がないって事だろ？」

「えへん」

大妖精が得意げに声を弾ませて。

「それでねそれでね、この床のずっと下に、強い法力がいくつかあるよ」

「本当か！　それどれくらい下なんだ！」

「ず――――っと下」

「……具体的には？」

「ず――――っと下！」

大妖精が、両手をいっぱいに広げてみせる。

「きっと蛮神族が封印された場所ですよ、アルフレイヤしゃま。急ぎましょう！」

「そのつもりだ」

アルフレイヤが光の向こう側へ。

直進の下り坂を進んでいった先には、広大な「何もない」空間があった。

ドーム型。

天井には窓もなく、壁には扉のようなものも見当たらない。

「……報告のとおりだな。花琳《ファリン》そちらは？」

「ただのドーム型の空き地に見えます。私には、異常に広いことが気になりますが」

あたりを見回すジャンヌと花琳。

隣のバルムンクも、怪訝《けげん》そうに顔をしかめながら。

「おいチビ、ここはいったい何の場だ。祭壇か、それとも広間か」

「知らない」

「いやそうではなく、お前なら法力とやらを感知できるのだろう？　怪しい場所は？」

「法力はちょっとずつ漂ってるんだけど。ん――……」

バルムンクの足下で、のんびり口調な大妖精。

「もうちょっと見晴らしのいい場所があるといいの。あ、そうだ！」

「うぉっ⁉　何をするチビ！」

「いい場所みっけ！」

大妖精シルクが満面の笑みを浮かべるや、バルムンクの肩に飛び乗った。そこから頭のてっぺんによじ登り、髪の毛を手綱のように掴《つか》んで離れない。

「よし！　シルクを乗せて歩くの人間！」

「俺は馬車馬ではないのだが？」

「今日からシルクがご主人様ね！」

「おいっ⁉……くっ。部下の前でなんという屈辱……今だけだぞ、わかったな！」

大妖精を乗せて空き地を進んでいくバルムンク。

中心を通り過ぎて、真正面の壁際にまでたどり着いても、何一つ怪しいものは見当たらない。

「もしや、ここは本当にハズレか？」

「………」

「おいチビ、お前の勘《ハナ》が頼りなんだぞ。少しは――」

「十歩右」

「ん？」

「十歩、ここから歩いて。シルクから見て十四番目の大っきな文様」

大妖精が沈黙を破った。

バルムンクの頭上で手を伸ばし、床の模様の一つを指さしてみせる。

「ほんの少し法力が出てる。踏んでみて」

「本当か！」

バルムンクがその文様を睨《にら》みつけ、慎重な足取りで、靴の先端で触れてみる。

「罠《わな》かも」

「なぜ踏む前に言わない⁉」

瞬間――

石に刻まれた文様の一つが輝いた。そして連鎖。ポン、と軽い音とともに隣合う文様が次々と光を放ち始める。

その光景は、あたかも蛮神族の転移法術のようだ。

「大妖精《シルク》を連れて正解だったな」

主天《しゅてん》アルフレイヤが、珍しくも驚いたように苦笑い。

「とてつもなく微弱な力の漏出だ。天使《わたし》では場所まで特定するのは難しかった。妖精族の本領発揮だな。でかしたシルク」

「当然なのです！」

大妖精が満面の笑み。

「どう人間？ シルクは凄《すご》いんだから！」

「わかったわかった。用件は済んだのだからさっさと俺の頭から――――」

激震。

轟《ごう》ッ、と猛《たけ》る地鳴りとともに、獣の咆哮《ほうこう》が湧き上がった。

カイたちの立つ床にサイコロ状の亀裂が走り、それがみるみる大きく肥大化していく。

床が何百何千という断片《パーツ》に分解され始めた。

だが、割れ方が規則的すぎる。

すべてが超精密な立方体。こんな割れ方があるだろうか。

……いや違う、逆だ⁉

……この床は元々、サイコロ状の石がくっついていただけか！

それが解《ほど》けた。

パズルが崩れるように、床だったものが何千何万というサイコロ型の小石に戻っていく。

そして崩れた床から――

「ア、アルフレイヤしゃま⁉」

「まずは一体か」

主天アルフレイヤが見下ろす底から、黒光りする四つ足の獣が這《は》い上がってきた。

巨大《おおき》い。

広間が狭く感じるほどの巨体は、間違いなく幻獣族にも匹敵する。

「で、でけぇ⁉」

「どうすんのよ⁉　こいつまさか、あの極楽鳥《ゴッドバード》の同類じゃ……！」

アシュランとサキが機関銃《マシンガン》を構える。

傭兵《ようへい》たちがざわつく中、その喧噪《けんそう》を歯牙にもかけず、主天アルフレイヤが自ら率先して一歩踏みこんだ。

「貴様は大始祖か、それとも御使《みつか》いか。墓所に潜《ふところ》りこまれた心地はどうだ」

「──黙れ」

怒りを孕《はら》んだ低い男声。

それは黒き獣の頭上からだった。

「主天《しゅてん》アルフレイヤよ。貴様の穢《けが》らわしき翼は、この聖廊には不似合いだ」

その手に重厚な短機関銃《マシンピストル》を握りしめて。

精悍《せいかん》で彫りの深い顔立ちの偉丈夫が、巨獣の頭を踏み台にして立ち上がった。

蛮神族の英雄を前にしても臆さぬ眼光。威厳ある佇《たたず》まいも、さながら王者を感じさせる凄《すご》みがある。

この場で、彼を知らぬ人間はいないだろう。

──傭兵王《ようへいおう》アーカイン・シド・コラテラル。

シドの名を冠する者。

大始祖に選ばれた、この世界の「人間の英雄」だ。

「アーカイン⁉」

この場の傭兵の心境を代表するかたちで、獅子王《ししおう》バルムンクが驚きの声を上げた。

「お前、今まで行方をくらませて何をしていた!」

「久しいなバルムンク、だが何を血迷った?」

「なに」

「お前の後ろにいる異種族だ」

傭兵王の眼光が突き刺すものは、バルムンクの足下に隠れていた大妖精《シルク》。

ビクッと小刻みにふるえる小人を見下ろして。

「蛮神族は人間すべてにとっての害悪だ。始末する。それをこちらに渡せバルムンク」

「…………」

「どうした？」

「断る！　大始祖の凶行が明らかになったことで、北《ウルザ》と東《イオ》と南《ユールン》の三連邦は、蛮神族とともに墓所を破壊することを決議した。このチビは渡さん！」

シルクが見上げる前で。

獅子王の異名をもつ男は、かつての盟友に向かって吠《ほ》えた。

「お前こそどういう了見だアーカイン。そのでかい獣も大始祖、あるいは大始祖の配下だろう。極楽鳥《ゴッドバード》と同じように」

「その通り。大始祖の御使《みつか》いだ。それが？」

「……お前」

蕩々《とうとう》と応じる「シド」に、バルムンクが奥歯を噛《か》みしめる。

嘆きを湛《たた》えた形相で。

「目を覚ませアーカイン！　お前のいう人間の勝利も、四種族を排除したいという気持ちもわかる。だが、そんな化け物の軍門に下っている今のお前は手段を履き違えている……本来のお前は、大始祖《バケモノ》と手を組むような男ではなかったはずだ！」

「軍門？」

黒い巨獣の頭上で、シドの名を持つ男が目を細める。

「それは――」

「大層な曲解ね」

可憐《かれん》な、それでいて冷ややかな声が広間にこだました。

「この獣は人類にとっての守護獣よ。聖なる場に断りもなく侵入してきた罪人はあなたたち。牙を剥《む》いて出迎えるのは当たり前でしょう」

黒い巨獣の陰から少女が現れる。

修道女に似た黒のローブを羽織った愛らしい面立ちだが、その双眸《そうぼう》に映る感情は極めて冷たく無機質じみている。

テレジア・シド・フェイク。

アーカインと同じ「シド」の二人目だ。その額に、大始祖から力を与えられた証《あかし》であろう聖痕がうっすらと輝いている。

「そこの蛮神族を始末したいけど人間が邪魔ね。退《の》かせなさい、アメミット」

アメミット――

古き神話において冥界に棲《す》む『裁きの獣』とされた怪物が、吠《ほ》えた。

強烈な咆吼《ほうこう》が大気を揺さぶると同時に、床に転がる何千何万というサイコロ型の小石が動きだす。

それは、墓所への「命令」だった。

──『隔離』。

無数の石が積み木のように寄せ集まり、見上げるほどの壁を形成。それが大波のごとく押し寄せてくる。

「私たちを押し流す気か⁉」

「いえ。これは……檻《おり》です！」

ジャンヌの手を引いて花琳《ファリン》が後ずさる。

大波のごとく押し寄せた無数の礫《つぶて》が、人類反旗軍《レジスト》の傭兵《ようへい》たちを囲むように壁を作りはじめたのだ。

墓所の壁に呑みこまれる。

「人間、あっち！」

バルムンクの手を引っ張った大妖精が、床の一点を指さした。

光り輝く文様──先ほどシルクが発見した転移法術の円環は、まだ残っている。

「飛びこむの！」

「だ、だが⁉」

「早くっ！」

「くそっ……どうなっても俺は知らんぞ！」

大妖精を抱え上げたバルムンクが転移法術の環《わ》の中へ。そこにいたジャンヌと花琳も光の中へ飛びこんで——

「みんな⁉」

カイが見たのは、その光景が最後だった。

「時間がない。いくぞ」

大天使が走った。

「……ぐっ！」

その意図を察しカイも全力で駆けだした。自分を包囲しようと迫る石の壁をすり抜けて、ジャンヌたちとは別の転移法術の円環へ。

……ジャンヌも花琳《ファリン》も。

……サキもアシュランもだ。みんな無事でいてくれ！

目の前が光で包まれて。

カイは、主天《しゅてん》アルフレイヤとともに転移した。

Intermission

Chapter: 勇断

Phy Sew lu, ele tis Es feo r-delis uc l.

クーレンマデル電波塔——

広大な草原に囲まれたシュルツ人類反旗軍《レジスト》の本部であり、幻獣族に対する人類の生命線となっていた拠点だ。

朝陽《ひ》が差しこむ、その執務室で。

「……ダンテ……殿……」

両足を縛られてソファーに横たわる指揮官ミンが、苦しげに顔を歪《ゆが》ませた。

「これは、どういうことですか……！」

少女が叫ぶ。

麻痺《まひ》花の毒で全身が痙攣《けいれん》しているため、全力で叫んでもその声は消え入るほどにか細い。

隣の大ホールに囚《とら》われた西《シュルツ》の部下にも聞こえはしないだろう。

「私たちシュルツ連邦のために貴重な資材を提供してくれると……そう言ってやってきたのに、すべて嘘《うそ》だったのですか！」

少女が見上げる先には、背に日差しを浴びた指揮官ダンテが。

そして彼から離れた部屋の隅では、総勢九体の大妖精が身を寄せあうように集まって、無言でミンを見つめている。

「……なぜ蛮神族が生き残っているのかわかりませんが、我がシュルツ人類反旗軍《レジスト》を裏切って、その妖精たちとの結託を選んだのですか。ダンテ殿！」

「呆《あき》れたな」

皇帝を自称する男が、吐き捨てた。

「こんな脳天気な小娘が西《シュルツ》の指揮官とはな。まあいい百歩譲って、これも大始祖の洗脳で思考がおかしくなったせいにしてやるが」

指揮官ミンに向けて、ダンテは、背後の大妖精たちを顎で示した。

「誰が蛮神族《こんなの》と手を組むと？　すべてはお前がドジを踏んだせいだろうが。いやむしろ、大始祖の標的になったのがお前で助かった」

「……何ですって」

「ちょうどいい機会だ。改めて確認しておこう指揮官ミン」

片膝をつき、少女の前に顔を近づける。

「数日前だ。お前は通信でこう言った。『大始祖を討つことには賛成できない』と。それは間違いないな」

「っ！」

少女が目をみひらいた。

間近で見下ろしていたダンテが、思わず一瞬息を呑《の》むほどの豹変《ひょうへん》ぶりで。

「人間っ、大始祖に何をする気だ！」

「……ははっ。今一瞬、大始祖側の思考が透けて見えたぞ。なるほど、取り憑《つ》かれるとはこういうことか」

笑い飛ばすダンテ。

だがすぐに、その双眸《そうぼう》を針よりも細く鋭くして。

「舐《な》めるなよ。人間《オレ》は言いなりにはならんぞ大始祖。言いなりの人形《ひとがた》になるくらいなら死を選ぶ。そして死を選ぶくらいなら戦いを選ぶ」

「………」

「覚えておけ」

ダンテが指を打ち鳴らす。

それが何を意味するか察した大妖精たちが、ミンの頭上で麻痺《まひ》花の花束《ブーケ》を振り下ろした。

——再び毒を吸いこんで。

少女は、悲鳴を上げることもできずに意識を失った。

「そこで寝ていろ小娘。大始祖の呪いが解けるまでな」

と。

執務室の扉がノックされ、白髪交じりの老傭兵《ようへい》が入室してきた。

「失礼します、定期ご報告に上がりました」

「……ツェフヴェンか」

参謀ツェフヴェン・バッケンハイ。

日焼けした顔に深い皺《しわ》が刻まれた老兵だが、戦闘服に包まれた肉体は今なお一切の衰えを感じさせない。

部下たちの信頼も厚い東《イオ》の傭兵だ。

「ご報告します。昨夜の制圧から十二時間が経過しました。拘束中の傭兵で数名、わずかながら身動きできる者が現れ始めました」

「知っている。今しがた小娘《ミン》がそうだったからな」

こんな少女でも話せるほどに回復したのなら、大柄で屈強な傭兵たちなら動けるようになっていてもおかしくない。

「拘束は緩めていないだろうな？」

「そこは問題ありません。ですが大声で叫ばれたり暴れられると対応が面倒です」

「毒をもう一度嗅がせてやれ。……おい麻痺花はまだ残っているな？」

大妖精たちを一瞥《いちべつ》。

隣の大ホールへ向かえ——そう伝わるように指さしするが、肝心の老兵ツェフヴェンはまだ厳《いかめ》しい表情を崩さない。

「何だ？」

「それと一つ苦しいお知らせがあります。捕らえた傭兵《ようへい》以外の問題が……」

「民衆だろう」

参謀の言葉を遮って、ダンテは口を開いた。

「西《シュルツ》の傭兵たちと丸一日以上も連絡が取れなければ、西《シュルツ》の民衆も異変に気づくだろうな。こちらの大義がどれだけ正しかろうと、この本部の指揮官を眠らせて拠点制圧を行ったと知られれば……」

「左様。民衆から怒りを買うのは我々でしょうな。あらぬ誤解ですが」

「違うな」

「？」

「民衆の怒りの矛先は俺だ。『我々』ではない」

指揮官ミンに対する暴力行為――

そこに蛮神族も共謀したと知られれば、西《シュルツ》の民衆は激怒するだろう。その怒りは、計画の責任者である指揮官《ダンテ》に向かう。

「いつの世もそうだ。民衆が怒りの矛先を向けるのは組織の頭だからな」

「……そこまでお考えで」

「だが意味のない話だ。火蓋は既に切られた」

しばしの沈黙。

麻痺《まひ》花の毒で倒れている少女を見下ろしたまま。

「こちらの猶予はない。急ぐのだなジャンヌ、バルムンク」

昨夜の制圧から既に十二時間。

ダンテの見立てでは、この本部強奪を民衆に隠していられるのはせいぜい丸一日かぎり。

残り十二時間しかない。

「大始祖の討伐が間に合わなければ、不審に思った民衆がこの電波塔に入ってくるだろう。それを止めても逆に怪しまれるだけ」

民衆は、倒れた指揮官ミンを発見するだろう。

そうなれば悪逆扱いされるのは間違いなく連合軍《じぶんたち》だ。民衆の怒りは指揮官ダンテに向けられる。

「……分の悪い賭けだ。あと半日で大始祖《バケモノども》を倒せるものなのか」

「勇断です」

「っ」

「参謀として申し上げます。勇断であったかと」

ダンテを見据える老兵の声には、今までにない敬畏があった。

歴戦の傭兵《ようへい》として捧《ささ》げる心酔の念が。

「大始祖の討伐に向かった連合部隊《なかま》は信じるに値すると思います。陛下もそうご判断した上で、よくご決断されました」

指揮官として拠点《ここ》に残るという判断。

それはつまり、大始祖の討伐が適《かな》わなければ自分《ダンテ》が責任を取るという覚悟の証《あかし》だ。

「……ツェフヴェン」

「はっ」

「俺はこんな大博打《おおばくち》もう二度とやらんぞ。ジャンヌとバルムンクが大始祖に敗北してみろ。全責任を押しつけられて民衆に石を投げつけられるのは俺だ」

「ご安心を」

「何がだ」

「その時は、私が陛下にかわって石を受けましょう」

指揮官は無言。

それを見つめる老兵は、ただ深々と頭を下げた。

「陛下は、初めて将らしき決断をされました。心より感服いたします」

「………」

「今はただ待ちましょう。連合部隊《なかま》が、大始祖を討伐して帰還する時を」

World. 4
Chapter: 久遠の筐
Phy Sew lu, ele tis Es feo r-delis uc l.

1

白の墓所「表層部」北側。

ざぁっ……

滝のような轟音《ごうおん》を響かせて、膨大な量の水が天井から噴きこぼれて床に溜《た》まり、そして床の窪《くぼ》みに吸いこまれていく。

大瀑布《だいばくふ》。

守護獣アメミットに追われて逃げこんだ先には、想像の余地を超えた景色があった。

「……信じられない。建物の中に滝があるなんて」

水しぶきがジャンヌの頬《ほお》に付着する。

間違いなく本物の水。それも雪解け水のように冷たく爽やかな水が、白い壁の亀裂から止めどなく流れ落ちていく。

これだけの水量がどこから生まれ、どこへ流れていくのだろう。

「何を見ても驚かないつもりだったが……」

「はい。この先に砂漠が広がっていても、もはや驚く気になれません。そういう空間なのでしょうね」

同じく滝を見上げる花琳《ファリン》も、なかば諦観のまなざしだ。

人智の及ばぬ領域。

ここは四種族を封印するだけの器ではない。まさに大始祖の本拠地だけある。

「ええいっ、くそっ……俺だ、応答しろ！」

指揮官バルムンクの怒鳴り声が、滝音に混じって響きわたった。

「親衛隊？……ちっ。突撃班、斥候部隊！」

「だ、だめです指揮官！　通信機が作動しません……い、いえ。作動はするのですが何らかの要因で阻害されてしまって……」

通信部隊の少女が、消え入るような声で。

「現状、墓所の中での通信は厳しい状況です」

「くっ。せめて安否確認だけでもと思ったが。皆、無事であるといいが……アーカイン、お前はあんな人間ではなかったはずだぞ！」

舌打ちするバルムンク。

そんな彼を横目に捉えながら、ジャンヌも通信機を懐に収めることにした。既に何度も試したが、散り散りになった部下と連絡が取れない。

墓所内部はもちろん。

外で待機中の連合軍ともだ。

さらに言えばカイや主天《アルフレイヤ》の居場所もわからない。そもそも自分たちの現在地もわからないのだから合流のしようがない。

「バルムンク殿、他部隊との連絡はしばし諦めましょう。この場にいる者たちで団結し、まずは歩いて探索を考えるべきかと。そうだな？」

「は、はい！」

「俺らお供しますので！」

サキとアシュランなど北《ウルザ》の部下は四人。

そこにジャンヌと花琳を加えて北《ウルザ》は総勢六人になる。一方の南《ユールン》は指揮官バルムンクと部下の総勢四人。

つまり合計で、わずか十人。

「百人以上いた戦力があっという間に十人とは、なかなか前途多難だな」

渋面を作るバルムンク。

「敵戦力は大始祖。それにさっきの怪物もか……出くわさずに部下たちと合流できるのが理想だな。墓所を内部から破壊するというのは手を焼きそうだが。とにかく動いてみないと話にならん……おいチビ、早くこっちにこい」

手招きしたのは、通路の奥にいる大妖精シルクだ。

「出発するぞ。さっきの広場もだが、この奥へ進むにはどうにもお前抜きでは始まらん。しっかり活躍してもらう」

「ねえ人間、みてみて。この先に川がある！」

「川だと？」

「魚が泳いでたの」

「馬鹿なっ⁉ ここは建物の中だぞ。いったい全体どうなっている……」

常識が通用しない。

真っ白い石材でできた床も通路も、この先どんな仕掛けになっているのか。

「ジャンヌ様。私は、考えを改めました」

一対の曲刀──幻獣族の牙を加工した亜竜《ドレイクトゥース》の牙を抜いた花琳《ファリン》が、その場の者を先導するかたちで歩きだした。

「墓所《ここ》には罠《わな》が張り巡らされている。その想定さえ不十分かもしれません」

「……では何だと？」

「狩猟場《かりば》」

コツッと。

小さな靴音を響かせながら。

「神を自称するバケモノどもが潜み、我々はその獲物。それくらいの覚悟で進みましょう」

═══

白の墓所「中層部」手前──

隔壁に囲まれた通路と、そこかしこに点在する「何もない」部屋。ぼんやりと光を放つ真っ白い床を歩き続けて。

「…………」

その場で立ち止まる。

通信機に付属する時計表示を一瞬だけ見下ろして、カイは再び歩きだした。

……俺がジャンヌたちと別れてまだ二十分。

……なのに体感は、その十倍は経《た》ってるような感じだな。

いつ巨獣《アメミット》や大始祖が現れてもおかしくない。

数歩進むたびに背後を振り返り、異常がないかを確認しながら進む。一秒ごとに体力と精神力がすり減っていく前進だ。

「アルフレイヤ」

前を歩く大天使の背中に、カイは声をかけた。

「まだ具体的な反応はなさそうか？」

現在地もわからない。

ただし全くの手探りではない。いま自分たちが目指しているのは、主天《しゅてん》アルフレイヤが感じる法力の方角だ。

「人間《おまえ》の感覚で喩《たと》えるのは難しいが、『こちらの方角から物音が聞こえる』程度の感覚だ。私が感じ取っている法力もそれが何なのかはわからない」

大股で進んでいく主天アルフレイヤ。

「大始祖なのか、その眷属《けんぞく》とやらか。あるいは巨大な法具が発している法力かも不明だ。シルクがいれば判別できただろうが」

「……無事かな」

「妖精の危機察知能力は飛び抜けている。この墓所が崩壊するようなことでも無いかぎり、逃げのびているはずだ」

そして沈黙。

一拍おいて、天使は一言だけ付け加えた。

「そう思いたいところだな」

「……わかった」

それ以上はカイも訊《き》かない。

同じ心境だからだ。ジャンヌたちがどうなっているのかという不安。

それを、あえて意識から除外する。集中すべきは自分の命の確保のみ。それ以外のことに気を割くだけの余裕はない。

「ところで、これって本当に安全なのかな……？」

空中を浮遊する石の球体。

大きさはカイが抱えるほど。重量は優に十キロ以上あるだろう球体が、自分たちの歩く通路に漂っているのだ。

……この墓所の下層部から強い法力が出ていて、それを帯びて浮かんでる。

……説明としてはわかるけど。

いかにも罠《わな》に見える。

真下を通り過ぎた途端、この石が勢いよく降ってくるのでは？

「ただ浮いているだけだ。空に浮かぶ雲と思えばいい」

「無害？」

「無害かどうかはわからないが、大始祖が意図した罠ではあるまい。奴《やつ》らが仕掛けるなら、こんな石礫《いしつぶて》程度では済まないはずだ」

「……それはそうか」

先と同じくドーム型の部屋を、まっすぐ突っ切る。

傭兵王《ようへいおう》アーカインと黒い巨獣《アメミット》の襲撃から逃れて以来、何一つ大始祖の襲撃がないことは気がかりだが……。

「待った」

「止まれ」

人間《カイ》と天使《アルフレイヤ》の制止が、互いにぴたりと重なった。

二人の視線が交わるのは床。

そこに、どす黒い液体があたかも血痕のように穿《うが》たれていたのだ。したたり落ちた跡。

時間が経過してほぼ風化してしまっているが。

血痕は、この通路を右に曲がっている。

……誰だ？　この血痕、今日や昨日にできたものじゃないぞ。

……ジャンヌたちじゃないのは確かだけど。

むろん血液ではない可能性も捨てきれない。だとすれば何だ？

その一瞬。足下に意識を割いたカイは、通路からの気配の察知が一手遅れた。

じゃらっ。

金属の擦れる音。

「これは——!?」

鋼鉄色の鎖がカイめがけて飛んできた。主天《アルフレイヤ》が振り向くより早く、その鎖がとぐろを巻くように亜竜爪《ドレイクネイル》の切っ先に絡《から》みついた。

「ぐっ……!」

腕が引きちぎられる?

巨大な輸送車に引っ張られたような力で、カイの指先から黒塗りの銃剣が吹き飛んだ。

絡みついた鎖が、それを通路の奥へと引き寄せていく。

剣を何者かに奪われた。

その事実に、背筋を冷たいものが伝っていく。

「しまっ——!」

「待て」

銃剣を奪い返そうと足を踏み出したカイへ、主天《しゅてん》アルフレイヤが手を突き出した。

——止まれ。

カイが見ている前で、鎖に絡めとられた亜竜爪《ドレイクネイル》が通路の奥へ引きずられていく。

「奇遇だな」

足を止めたまま、アルフレイヤ。

「我々が追っていた法力は、あの鎖が飛び出した通路の方向からだ。あの奇妙な鎖の主である可能性が高い」

「……何だって」

「そのつもりで進め」

鎖の戻っていく方角を辿《たど》る。そこには先ほどより多く、血痕らしき付着物がそこら中に飛び散っていた。壁を染める模様のように。

それを通り過ぎて――

カイがたどり着いたのは小部屋《いきどまり》。

真っ白い壁に囲まれて、そこに全身鋼鉄色の巨人がいた。

機鋼種《きこうしゅ》の生き残り、が。


「こいつっ⁉」

内心、カイは自らの不覚を叱咤《しった》した。

なぜ気づかなかった。そしてなぜ思い出さなかった。ここは、墓所として浮上するまで機鋼種の住処《すみか》だったではないか。

自分《カイ》が白の墓所を発見したのも――

そもそもの切っ掛けは、シュルツ連邦を襲う機鋼種の巣を見つけるための探索だった。

……まだ残ってたのか！

……しかも動ける個体がいるなんて。

首領格のマザーBが倒れ、他の個体はすべて行動不能になったと思い込んでいた。

それが墓所に潜んでいたのは完全な想定外。

だが。

『……………』

様子がおかしい？

身構えるカイが眉根を顰《ひそ》めたのは、鋼鉄色の巨人が跪《ひざまず》くような姿勢のまま、動く気配がないということだ。

ぽちゃん、と。

その胸部から滴り落ちたのは黒い液体。

動力ケーブルらしきものが千切れ、そこからジワジワと滲《にじ》み出《で》るように重油めいた臭いの液体が床に落ち続けている。

人間でいえば出血。

それもかなりの重傷に見える。ゆえに動けない状態なのだろう。

「機鋼種《きこうしゅ》とやらか」

鋼鉄の巨人を見つめる、大天使。

「地の底から這《は》い上がってきた六番目の種族がいると。そう聞かされた時は半信半疑だったが、なるほど初めて感じる力の波長だ」

「……ああ。正直ここで出会うと思わなかった」

大天使に頷《うなず》きながら、カイが見据えるのは正面。

うずくまる機鋼種が抱えた亜竜爪《ドレイクネイル》だ。鎖を放ったのがあの個体なら、またいつ鎖を投げてきてもおかしくない。

「深手を負ってるようだけど油断しないでくれ。機鋼種の生命力と頑丈さは半端じゃない」

奥歯を噛《か》みしめる。

剣を取り返さねば。ここで機鋼種の群れに襲われたら一溜《ひとた》まりもない。

が。

瞬《まばた》きさえ惜しんで睨《ね》めつけるカイの眼前で、傷ついた機鋼種は蹲《うずくま》ったまま不動。

亜竜爪《ドレイクネイル》を抱きかかえて離そうとしない。

……何がしたいんだ。

……こうして俺たちが戸惑っていること自体が何かの罠《わな》なのか？

静寂《せいじゃく》の帳《とばり》が降りる、その中で。

『我々……ハ……』

歯車が軋《きし》むような声。

ぎこちない人間の言葉が、鋼鉄の装甲のスキマから発せられた。

『集約生命体マザー・B……失ッタ……』

「っ！」

鉄錆《さ》びた声帯から発せられた名に、カイは瞬時に跳び退《の》いた。

……マザー・Ｂ。まさか！

……機鋼種《きこうしゅ》の首領《ボス》が倒されたから、その復讐《ふくしゅう》で待ち伏せてたってのか！

そう判断した。

コンマ一秒を争う判断が生死を分かつ状況下では、そう考えるのが当然のこと。

だが。

『マザー・Ｂノ最終決定ニヨリ――』

機鋼種のもたらす次の言葉に、カイはその場で硬直した。

『大戦は終ワリ、だ』

「…………何……だって？」

耳を疑った。

敵《カイ》の武器《ドレイクネイル》を抱えたまま不動の姿勢――それが機鋼種なりの「停戦」の意思表示だと、カイはようやくその可能性に思いあたった。

だが、なぜなのか。

「どういうことだ！　マザー・Ｂが……何を決定したんだ!?」

『マザーＢは集約生命体。機鋼種の総意を集約する機能を有した個体である』

「それは知ってる。ならなおさら、アイツが何を決定したっていうんだ」

『判断したのは人間《オマエ》だ』

機鋼種が動いた。

奪ったばかりの亜竜爪《ドレイクネイル》の切っ先を、カイへと向けて。

『人間のみが繁栄する未来があった。だが人間《オマエ》はそれを選ばなかった』

「……っ！」

『だからマザー・Bハ、最終判断ヲ覆した』

「…………それってまさか」

二度目の死闘の、その最後の瞬間だ。

機鋼種マザー・Bは消滅寸前に、リンネの世界座標《コードホルダー》の鍵を受けて笑っていた。

〝なんだ……やっぱりお前……そっちを選ぶのかい〟

〝構わないさ。ならばそこに機鋼種《われら》も混ざるだけだ……我としては報復したかったけど、種族としては悪くない……〟

二つの未来があった。

大始祖の提示する、他種族をすべて排除した「人間だけの理想の未来《エンディング》」か。

そのさらに先か。

自分《カイ》がどちらを選んだか。マザー・Bはそれを察したから笑って消滅したのだ。

『人間《オマエ》は、人間以外の繁栄ヲ許容シタ』

「…………」

『人間《オマエ》ガ人間以外の他種族を――機鋼種ヲ許容するのなら大戦は不要。それがマザー・Bの最終判断』

言葉が出ない。

打ち明けられた言葉の重みを受けとめるだけで限界だった。

……まさか。じゃあマザー・Bが。

……あんな変わり果てた姿になってまで、二度も俺を襲ってきたのは。

審判のため。

四種族が封印されて仲間を失った人間《カイ》が、たった独りでも「人間の理想の未来《エンディング》」をひっくり返す意思を持ち得るのか否《いな》か。

〝邪魔な四種族は消え去って、人間は仮初めの平穏に浸かりきった。……だが〟

〝お前だけは、まだ何かするかもしれない〟

「…………」

思い返せば。

機鋼種《きこうしゅ》マザー・Bの言葉の端々にはそれを思わせるものが確かにあった。

どす黒い殺意の底に。

ほんの僅かな期待を込めて。

『マザー・Bの最終判断ニヨリ』

空を躍る銃剣。

機鋼種が奪った亜竜爪《ドレイクネイル》をカイに向けて投げ返してきたのだ。

『機鋼種《われわれ》ハ、ここで人間《オマエ》を選択スル』

黒塗りの銃剣を受けとめる。

その柄を握りしめて。

「これ……は？」

極小の差違。

今まで振るってきた銃剣より数グラムだけ重い。身体《からだ》に染みこませてきたカイの感覚が、

そう訴えてきたのだ。

この微少な差はいったい。

『対衝撃性十七％、耐熱性四％強化。欠損修復』

「何っ⁉」

耳を疑った。

なぜ機鋼種《きこうしゅ》が亜竜爪《ドレイクネイル》を強引に奪ったのか。そして大事に抱えていたのか。

修復していたのだ。

ただし簡単な業ではない。

修復には「素材」が要る。傷でも摩耗でも、欠損を埋める素材がなければどんな名刀でも剣を鍛え直すことはできない。ここにはその素材がない。

ならば何で代用したか。

「お前……自分の部位《パーツ》を使って修復したっていうのか⁉」

今まで――

五種族の英雄と切除器官《ラスタライザ》、大始祖の眷属《けんぞく》との戦いを経て、亜竜爪《ドレイクネイル》には目に見えない無数の傷が生まれていた。

当然だ。

どんな名刀も、使い続ければ刃が毀《こぼ》れる。

しかし亜竜爪《ドレイクネイル》の素材となる炭素繊維《カーボンファイバ》はこの世界に存在しない。五種族大戦に敗れたことで人類の生産プラントが破壊され、開発に至っていないから。

だが。

この世界にあらざる者——世界輪廻《りんね》が生み出した機鋼種の体内にだけは存在する。

〝亜竜爪《ドレイククネイル》の刃《やいば》を叩《たた》きつけても、擦《かす》り傷一つついてない〟

〝炭素繊維《カーボンファイバ》ケーブルか⁉〟

人間で喩《たと》えるならば臓器移植。

カイさえ気づかぬうちに限界を迎えていた亜竜爪《ドレイククネイル》。その見えざる悲鳴を、機鋼種だけは聞きつけていたのだ。

『————』

鋼鉄の巨人はもう言葉を発さない。

一歩も動かず佇《たたず》むのみ。

「行くぞ」

沈黙を保っていた大天使が動いた。

堂々と背中を向けて、歩いてきた方へと戻っていく。

「この場に敵はいなかった。先の分岐からも僅かな法力を感じる。後戻りだ」

「……ああ」

わずかに重い。

修復された銃剣を携えてカイは踵《きびす》を返した。この場に留《とど》まる理由はない。背後の巨人に声をかける時間も惜しい。

道を譲られたのならば――

ただ全力で駆け抜けることだけが、譲られた者の定めなのだから。

2

白の墓所「中層部」。

表層部から、一つ深い中層部へ。

このピラミッドの中心に近づいている事実を客観的に知る術《すべ》はない。真白い壁に標識が記されているわけではなく、歩いている床の模様も何一つ変わらない。

断言は誰にもできない。

それでもなお――

北と南《ウルザ ユールン》の連合部隊十人は無言のうちに立ち止まり、弾《はじ》かれたようにその場を見回していた。

「………」

こくんと息を呑《の》む。

そのわずかな気配さえ煩《うるさ》く感じられるほどに、異様な静けさが立ちこめていく。

「──花琳《ファリン》」

「私も同感です。先の曲がり角を越えた瞬間から空気が変わりました。海の中に潜ったような圧迫感といいますか」

ジャンヌに名を呼ばれた護衛が、小さく首肯。

そう。

まさに花琳の言葉と同じものをジャンヌも感じたのだ。息苦しい。全身を縄で縛られたかのような窮屈感と圧迫感を。

「バルムンク殿」

「前方は異常なしだ。今のところは、だがな」

バルムンクの背には巨大な重機関銃。

兵士二人がかりでようやく運べる大口径銃器だが、それを背負ってここまで歩いてきたのはさすがの偉丈夫ぶりだ。

「たしかに嫌な空気だな。若い頃、聖霊族の大群に襲われる直前に感じた生温《なまぬる》い風を思いだす。おいチビ、どうだ」

「…………」

「おいチビ」

「ひゃあっ⁉」

大妖精シルクが、悲鳴を上げて飛び上がった。

小さな身体《からだ》で軽々と二メートル近く飛び上がり、バルムンクの頭の上にしがみつく。

「お、おい貴様っ！　またしても俺の頭の上に……」

「驚かせないで人間。いまシルクすごく集中してたのに！」

「集中だと？　それはどうしてだ」

「獣の気配《におい》──」

かつてない緊張を交えた声音で。

蛮神族の小人は、ゆっくりとそう口にした。

「極楽鳥《ゴッドバード》と同じなの。虫より弱くて小さい気配《におい》で近づいて、少しずつ強くなってくる。シルク、この感じ嫌い」

「おい、まさか……」

眉をつりあげたバルムンクが何かを言いかけて──

巨大な獣の咆吼《ほうこう》が、墓所の壁をふるわせた。


白の墓所「中層部」手前。

機鋼種《きこうしゅ》との遭遇が真昼の夢であったかのように、隔壁で仕切られた通路を何事もなく進んでいく。

大始祖の姿も気配もない。

それが、ふと。

「考え方次第では、不幸中の幸いだったな」

先を行くアルフレイヤが突然にそう口にした。

「ここまで深部に進んで何一つ妨害がない。シルクと別れたのは手痛いが、私がほとんど力を消耗せずに進めたのは僥倖《ぎょうこう》だ」

「天使宮殿からの砲撃は？」

「宮殿内部に百年以上貯めていた分の放出だ。私のものではない」

そして沈黙。

互いの足音が通路に響くなかカイは無言で、亜竜爪《ドレイクネイル》を握る手に力をこめた。アルフレイヤが言葉の裏にほのめかしたもの——

……不幸中の幸いだった、か。

……今まで無傷で来れたのは、俺たちの運が良すぎただけってことだ。

遂《つい》に来る。

警戒しろ——そんな言葉では到底足りない禍《わざわい》がやって来る。

蛮神族の英雄はそう伝えてきているのだ。

「アルフレイヤ、法力の反応は」

「この壁の向こうだ」

迷路状に入り組んだ隔壁を抜ける。その先に、今までとまったく別光景の空間がカイたちを待っていた。

きらきらと輝く無数の柱。

それはカイよりも巨大な水晶群だった。


──水晶の大広間。


壁や天井のいたる箇所から煌《きら》びやかな水晶が突き出して、広間を飾っている。

花園ならぬ水晶の園。そう喩《たと》えても過言でないだろう。

ざらざらとした床は、砕けた水晶の粉末が砂のように敷きつめられたもの。その砂が、カイの目の前でふっと巻き上がった。

風が吹いている。

これも今まで通ってきた通路にはなかった現象だ。

……風。それとも法力か？

……アルフレイヤが感じた法力がここから発生してるから。

気流として渦巻く膨大な力。

その中心へ、主天《しゆてん》アルフレイヤが大きく足を踏みだした。

「これだ」

中央にそびえたつ水晶の柱。

天井を支える支柱の役目も果たしているのだろう。その透き通った柱の中に瞬いている光があった。

……俺は、この瞬きを知っている？

……あの時だ。四種族が墓所《ここ》に封印された時の光にそっくりじゃないか！

封印の光。

つまりはこれが――

「アルフレイヤ！」

全身のふるえが止まらない。

抑えきれない緊張と高揚に、カイは唇を噛《か》みしめた。

「この水晶に四種族のどれかが封印されてるんだな！」

「間違いあるまい。この光そのものが超圧縮された隔離空間だ。おそらく外部からの物理干渉でどうにでもなる――シルク」

アルフレイヤが、この場にいない大妖精の名を呼んだ。

「念話を飛ばす。聞き取りづらいだろうが拾ってくれ。……四種族の封印石を発見した。水晶でできた円柱だ」

そして自ら柱に触れる。

瞬間、アルフレイヤの接触を拒むように、ヂッと小さな火花が走った。

「予想どおり結界が厄介だな。シルク、まずは封印石を見つけろ。蛮神族が封じたものを探り当てるまで一つずつ破壊する」

アルフレイヤが手をかざす。

その手に向かって、切っ先が三つにわかれた銀色の三叉矛《トライデント》が顕現した。

——天罰の矛。

法力の障壁を貫く法具。かつてカイと主天《アルフレイヤ》が相まみえた時、この矛がレーレーンの霊装「七姫守護陣」を切り裂いたのを覚えている。

……いい思い出の武器じゃないけど。

……だけど確かに、封印を突き破るには理想の武器だ。

自分《カイ》は数歩後ろへ。

代わって前に出た大天使が、銀色の三叉矛《トライデント》をその手で振り下ろし——

『それは大罪であるぞ、天使』

背後の壁が、何十本という水晶の柱とともに破裂した。

人間サイズの水晶が軽々と吹き飛ばされ、そして踏み砕かれる。飛び込んできたのは、極楽鳥《ゴッドバード》にも比類する黒毛皮の巨獣。

馬のような鬣《たてがみ》を逆立て、強靱《きょうじん》な四肢で床を踏みしめて。

『ここは魂の眠る場所。現世《うつしよ》に造られし一握の冥界』

守護獣アメミット――

大始祖の眷属《けんぞく》たる獣が、カイと大天使《アルフレイヤ》とを睨《ね》めつけた。

『余《よ》は、この冥界の守護者である』

World. 5

Chapter: 魂よ恥ずることなかれ

Phy Sew lu, ele tis Es feo r-delis uc l.

1

空気が、熱い。

ここ水晶の大広間の空気はひやりと冷えていたはずなのに、墓所の守護獣アメミットの呼気にあてられて、じりじりと熱を帯びていく。

熱波の息。

この巨獣の体内で、凄《すさ》まじいエネルギーが渦巻いている証《あかし》だろう。

「堪《たま》らず飛びだしてきたか」

にじみ寄るアメミットに対し、主天《しゅてん》アルフレイヤが一歩後退。

大始祖の眷属《けんぞく》――

その神がかった強大な力は、極楽鳥《ゴッドバード》との死闘で身に染みている。

蛮神族の英雄さえ警戒に警戒を重ねる強敵であると。このたった一歩の「後退」が、何よりの証。

「よほど封印に触《こい》れられることが嫌らしい。いったい何の種族の封印だ？　悪魔族か幻獣族か聖霊族か。それとも……」

『焦《じ》れているのは其方《そち》であろう。堕天使よ』

獣の冷笑。

『この封印に囚《とら》われているのは果たして蛮神族か？　余《よ》の力が怖いか？　別れた大妖精《なかま》は無事か？　そうして幾つも幾つも憂苦の種が芽吹いておろうに』

「違うな。すべては光明だ」

三叉矛《トライデント》を床に突き刺す天使。

空になった手には、新たな法具となる指揮棒《タクト》が握られている。

「事態は至極単純だ。ここでお前を叩《たた》き潰《つぶ》せばいいだけの話。そして――」

アルフレイヤが目を細める。

「お前も極楽鳥《ゴッドバード》と同類か」

『……なに？』

「蛮神族《わたし》しか注視していない。だから人間に噛《か》みつかれるのだ。言っておくが極楽鳥《ゴッドバード》を倒したのは私ではないぞ」

守護獣《アメミット》が目をみひらいた。

警戒対象はアルフレイヤ一体。だからこそ、隣にいたはずの人間が視界外に消えたことを軽視した。

「――舐《な》められるのは慣れてるさ。しょせん人間だ」

砂混じりの床を蹴る。

大広間の隅から守護獣《アメミット》の背後へと回りこみ、カイは黒塗りの銃剣を振り上げた。

「人間《おれ》に封印は砕けない。そう思ったか？」

亜竜爪《ドレイクネイル》の切っ先から生まれる火花。

人類庇護《ひご》庁が開発した「略式ドレイク弾」は、幻獣族の皮膚さえ焦がす威力で設計されている。

――発破。

封印石を、黒い爆炎が打ち砕いた。

炎が吹き荒れた箇所が大きく抉《えぐ》れ、巨大な円柱であったものが大きく傾く。カイが二撃目を振るうまでもなく、あとは自重によって柱が倒れて――

『修復を命ずる』

カイと大天使の眼前で。

水晶の柱の倒壊がぴたりと停止。木《こ》っ端《ぱ》微塵《みじん》に砕けた破片が、その亀裂を埋めるように次々と結合していく。

「……再生する柱か！」

完全復元までわずか五秒。

あまりに早すぎて、カイさえも一瞬理解が追いつかなかった。

『ここが何処《どこ》か忘れたか?』

ゆっくりと。

豪然たる振る舞いでもって、守護獣《アメミット》が振り向いた。

『何度でも封印は紡がれる。墓所と我が勅命あるかぎり』

守護獣アメミットの命に応じて。

墓所というこの巨大法具が、何度でも水晶の封印石を復元させる。それが意味するのは、守護獣を倒す以外に封印を解く術《すべ》がないということ。

『お前は不敬だ』

「……ぐっ⁉」

地響き。

黒き巨獣が床を蹴る衝撃で、通路一帯が波打った。

人間の反応速度など軽く凌駕《りょうが》する、回避不能の突進。

カイが紙一重で反応できたのは幸運。いま修復したばかりの封印石が、柱としてカイの背後にそびえ立っていたからだ。

——人間《カイ》に襲いかかれば。

——攻撃の余波で封印石の水晶まで砕け散ってしまう。

その逡巡《しゅんじゅん》が、守護獣《アメミット》の突撃をわずかに緩めた。

刹那の差。人間など紙切れのように吹き飛ぶであろう前脚をすり抜け、カイは床に身を投げだした。

『ここは魂の眠る場所。静寂《しじま》こそがふさわしい』

一跳びで大広間の壁にまで到達した獣が、首をぐるりと向けてきた。

『其方《そち》らの騒々しさは大罪だ。すぐに黙らせてくれよう』

「同感だ」

白銀色の稲光が——

主天《しゅてん》アルフレイヤの握る白銀色の指揮棒《タクト》から放たれた。

「獣、貴様の雄叫《おたけ》びがもっとも煩《うるさ》い」

天使が手にした必殺の法具。

——楽聖《マニフイカト》『見よ、裁きの光の栄光を』。

周囲の水晶を蹴散らし、雷光が大広間の天井に渦巻いた。

降りそそぐ雷撃が何百もの閃光《せんこう》に分裂し、アメミットの巨躯《きょく》に絡《から》みつく。防御の時間も与えずに雷撃が収束。

悲鳴さえ許さない。

あっけなく。

あまりにあっけなく守護獣アメミットが消し飛んだ。獣の姿をしていたものが、何万という小さなサイコロ状の黒石と化して。

「破裂した!?」

「正体が判明すればつまらんな。石細工だったか」

うずたかく積もった無数の小石。

この怪物も墓所の防衛機能の一つだったのだろう。無数のサイコロ型の石が繋《つな》ぎ合わさって、巨大な獣の姿を取っていた。

「封印を守る御使《みつか》いとは名ばかりか」

アルフレイヤが嘆息。

「これで私をどうにかできると思われたのなら、甚だ不愉快だな」

「俺は、率直に驚いたよ……」

服にこびりついた水晶の破片を払い落とし、首を横に振ってみせた。

蛮神族の英雄だからこその一撃必殺。

それは容易に真似《まね》できるものではない。特に人間の傭兵《ようへい》には。

「こいつが墓所の防衛兵器なら、こんなのが量産されてたら堪《たま》ったもんじゃない。ジャンヌだって襲われるかも」

「量産は考えにくい」

一方のアルフレイヤは淡々とした面持ちで。

「もしそうならこの深部まで出てこなかったのが不自然だ。他に似た個体がいたとしても、せいぜい数体。そうだな……シルクが単身で襲われたら厄介だが、極楽鳥《ゴッドバード》と比べれば脅威性は霞《かす》む」


〝まこと口惜《くちお》しい〟


さざ波のごとき微振動。

それが「声」であるとカイと大天使が認識するより先に、目の前で異変は起きていた。

サイコロ状の黒石が動きだしたのだ。

何千何万と。

それが組み合わさっていく。再び獣のかたちに。

「……その声は」

『量産？　防衛兵器？　守護獣たる余《よ》がそれほど雑多なものに見えたか？　だとすれば、なんとも口惜《くちお》しい』

強烈な地響き。

床に足をめりこませて立ち上がり、墓所の守護獣アメミットはわずか十秒足らずで完全な姿に復元しきっていた。

『余は唯一絶対。この大広間の守護者である。どうだ天使よ』

守護獣《アメミット》が嘲笑《あざわら》うように目を細めてみせる。

天使が握る指揮棒《タクト》を見つめて。

『其方の手にした法具で余を脅かすことができたか？　蛮神族の英智の結晶とてしょせん玩具《おもちゃ》であったな』

「饒舌な兵器だな」

大天使が、指揮棒《タクト》の先端を獣に向ける。

「次は破壊ではない。貴様を構成する石礫《いしつぶて》を一つ残らず消滅させる」

『まこと愚かしき』

空気が、破裂した。

黒毛皮の巨獣が床を蹴る――カイの目が捉えたのは、そこまでだ。

消失した？

カイがそう錯覚した瞬間に、パンッと何かが弾《はじ》ける音が大広間にこだました。

「っ!?　アルフレイヤ！」

アメミットの脚に薙《な》ぎ払《はら》われた天使が、壁に激突。

一切の反応ができずに壁に背を打ちつけた。そこにあった水晶が粉々に砕け、壁に亀裂が入るほどの衝撃でだ。

「………っ……か……っ……貴様っ……？」

『霊装で耐えたか。だが潰《つぶ》したぞ』

ぐるりと振り向く守護獣《アメミット》。

その眼光に射貫《いぬ》かれて、カイは主天《アルフレイヤ》に駆け寄ることもできず飛び退《との》いた。

……こいつ！

……さっきも恐ろしく俊敏だったけど、今のはそれよりも速い!?

この一瞬だけで嫌でも理解した。

守護獣アメミットは明らかに破壊前より強化されている。兵器としてより強靱《きょうじん》に。

倒せば倒すほど——

その欠点を補うように強くなっていく。

『ゆえに其方《そち》だ』

倒れた大天使に、守護獣《アメミット》は目もくれない。

獣の眼光が見つめる先は人間《カイ》だ。

『世界座標の鍵《コードホルダー》を徴収せよと、光帝《イフ》の命を実行する』

「何だって」

『世界座標《コードホルダー》の鍵は世界種の力が具現化したもの。世界種だけが運命に干渉する力をもつ。ゆえに徴収する。その鋼鉄の剣に宿っているのだろう』

巨獣がゆっくりと振り返る。

その濁った瞳が、自分の亜竜爪《カイドレイクネイル》を捉えて放さない。

『アスラソラカの力を解析するには世界座標《コードホルダー》の鍵がいる』

「……そういうことか！」

極楽鳥《ゴッドバード》が「大始祖」と呼んだのは光帝《イフ》と運命竜《ミスカルシエロ》の二体のみ。アスラソラカは含まれていなかった。

決別したのだ。

理由まではわからないが、状況がそう物語っている。

『世界座標《コードホルダー》の鍵を徴収する』

「ごめんだね。そもそも俺に言うのが的外れだ！」

世界座標《コードホルダー》の鍵の所有者は、自分じゃない。

あれは「彼女」の魂《もの》だから。

「俺はリンネから預かっただけだ。彼女に返すまで、俺が絶対に守り抜く！」

『消滅したのだろう？』

「取り戻すために来たんだよ。リンネの何もかも！」

『無為』

守護獣《アメミット》が身を屈《かが》めて突撃の姿勢。

対するカイが亜竜爪《ドレイクネイル》を構えて――

「消滅させると言ったはず」

主天《しゅてん》アルフレイヤの一声が、すべてを止めた。

「貴様の位置は捕捉した。天使宮殿、吠《ほ》えろ」

天の咆吼《ほうこう》。


墓所の上空より。

天使宮殿から閃光《せんこう》が放たれた。極大の光が墓所の外壁もろとも通路の隔壁を焼き貫いて、
守護獣アメミットに降りそそぐ。

『――――――ッッ！』

一瞬の抵抗も許されない。

全身を構成する何万という石すべてを蒸発させられ、大始祖の御使《みつか》いは消え去った。

再生できない。

身体《からだ》を構築するものが何一つ残っていないからだ。

「この墓所に入った時から、私の位置は常に天使宮殿に捕捉させていた。守護獣《きさま》に照準を合わせるのに手間取ったがな」

カラン、と。

床を転がる水晶の破片を踏みつけて、大天使がよろめきながら立ち上がる。

「大始祖に見舞うはずだった最後の一発だ。光栄に思え」

「アルフレイヤ、動いて大丈夫か……？」

「霊装が二つ剥《は》がれただけだ」

衣装が大きく引き裂かれ、露出した肌からは緑色の体液が滲《にじ》んでいる。

もしも――

護《まも》りの霊装なしで守護獣《アメミツト》に襲われていれば、あの一撃でアルフレイヤの肉体は原型なく潰《つぶ》されていたことだろう。

「大始祖はまだ残っている。たかが前哨戦《ぜんしょうせん》で霊装二つと天使宮殿の砲撃……安い対価ではなかったがな」

大天使が深々と息を吐きだした。

中央にそびえ立つ水晶の柱へ、視線を移す。

「ようやくだ。この封印を――」

〝まこと口惜《くちお》しい。いまだ余《よ》を理解できぬか〟

録音か？

そう錯覚するしかないほどに、先と同じ獣の声が響きわたった。

大広間の壁全体から。

「馬鹿な！」

アルフレイヤが大広間を見回す先で、壁にこびりついていた水晶が次々と弾《はじ》けていく。

結晶がサイコロ型に分解。

それが宙で結合を始めたではないか。

『世は墓所の守護獣なり。この聖域に充ちる法力があるかぎり不滅』

黒毛皮の巨獣ではない。

いま眼前で組み上がっていくのは、水晶の結晶を細分化して構築された、世にも美しい水晶の巨獣。

「墓所の壁を部位《パーツ》にして生まれ変わるだと……」

『たかが消滅程度で余が滅びると？　そう思われたのならば、なんとも口惜しい」

墓所の力で起動して――

墓所の石材を肉体に――

無限に誕生する。

新たな肉体を得た守護獣アメミットが、歯を食いしばる大天使を見下ろして。

「天使よ、今のが貴様の魂の一撃か？」

「……何が言いたい」

「種族の英智を込めた一撃でも余を脅かすことができぬ。蛮神族とはなんと稚拙。なんと恥ずべき魂であることか」

「貴様っ！」

天使の長が吼《ほ》える。

守護獣アメミットがその咆吼《ほうこう》を心地よさそうに聞き流し――

「蛮神族を舐《な》めすぎだ」

蛮神族《アルフレイヤ》の長ではなく、大広間の床を蹴った人間《カイ》が発したものだった。

その言葉は。

手には黒塗りの銃剣。

『――――』

ソレを一瞥《いちべつ》したものの、獣は無言でカイから目を背けた。

世界座標の鍵《コードホルダー》でなければ脅威ではない。亜竜爪《ドレイクネイル》の爆炎ごとき、多少傷つけられようと守護獣《アメミット》は何度でも生まれ変わる。

「この亜竜爪《ドレイクネイル》は人間の英智だ。だけど」

無防備な背中に向けて、カイは黒塗りの銃剣を振り上げた。

一つの弾丸を込めて。

「それだけじゃない」

亜竜爪《ドレイクネイル》の切っ先が、守護獣アメミットの背中に触れる。

――炸裂《さくれつ》。

そこから生まれた閃光《せんこう》は、赤黒い爆炎ではなかった。

青く澄んだその輝きは――

「霊光エルフ弾」

光が触れた途端、アメミットの巨体が溶けるように崩壊。風に煽《あお》られた砂の城のごとく。

水晶で構成された巨体が自壊し始めたのだ。

『っっっ!?』

「お前が馬鹿にした蛮神族《エルフ》の英智だよ」

〝レーレーンさ、もしかしてこの弾と同じ物を造れたりするか？〟

〝蛮神族を舐めるでない。これこそ専売特許じゃぞ〟

略式エルフ弾の上位互換。

この弾丸に使われる鉱石は、法力を飛散させる効果がある。そして最も高純度で鉱石を加工できるのが蛮神族だ。

「生まれ変わりもできないだろ」

水晶同士を繋《つな》ぎ合わせる、接合剤代わりの法力が飛散してしまったからだ。

『────っっ！』

守護獣の絶叫がこだました。

霊光エルフ弾の光に充ちたこの大広間では、もはや法力は結合しない。ゆえに守護獣として生まれ変われない。

どれだけ大量の素材がここに溢《あふ》れかえっていようとも。

〝貸し一つじゃぞ？〟

ヒトと蛮神族の英智《たましい》が──

墓所という力を凌駕《りょうが》したのだ。

「……本当に大きな借りができたよレーレーン。だから」

中央にそびえ立つ柱をまっすぐ見据える。

小さく息を吐き出して、カイは、亜竜爪《ドレイクネイル》を振り下ろした。

「これが俺からの最初の『お返し』だ」

鋼鉄の刃《やいば》が、光り輝く封印石を真っ二つに破壊した。

ぎちっ。

空間が軋《きし》む音。それは歪《ゆが》んだのではなく、強制的に歪ませられていた圧縮空間が本来の姿に戻っていく解放の声で――

光が弾《はじ》けた。


白銀色の光が何千何万と、壁を超えて墓所の外へ飛び立った。


「これは……」

空へと飛んでいく無数の光。

その方角が東《イオ》であることに気づき、頭上を仰ぐ主天《しゆてん》アルフレイヤが声を震わせた。

「お前たち……！」

解放されたのは蛮神族だった。

エルフとドワーフと妖精は森林へ。天使たちは天使宮殿だろう。誰もが封印直前にいた場所まで飛ばされていく。

その中で。

一つだけ留《とど》まったままの光があった。

宙に漂い続ける光。それがカイの見ている前でゆっくりと降りてきて……と思いきや、
パンっと小気味よい音を立てて弾けた。

そこから人影が。

「あいたたた腰を打った……な、なんじゃ？　ここはどこじゃ？」

薄衣《うすぎぬ》を重ねた七単《ななひとえ》の着物を羽織った、小柄なエルフの少女。

地につくほど長いグラデーションの髪色は鮮やかで、幼げながらも整った顔立ちによく
似合っている。

それは自分《カイ》が誰よりもよく知っている蛮神族の少女だった。

「……レーレーン？」

「む。何やら聞き覚えのある声が――カイ!?」

エルフの巫女《みこ》が振り向いて。

目をみひらくなり、飛びついてきた。

「バカ者ぉぉぉぉっ！」

「わっ!?」

「ば、ばかばかばか！　待ちわびたぞ、なぜさっさと助けに来ぬか！」

「来たじゃないか」

「遅いわいっ！」

華奢《きゃしゃ》な手にありったけの力をこめって。

しがみつくエルフの巫女《みこ》は、すぐには離れようとしなかった。カイも同じ。この少女を前にして身体《からだ》が動かない。

……本物……だよな。俺が知ってるままのレーレーンだ。

……封印される前と何一つ変わってない。

衰弱した様子もない。

エルフの強靱《きょうじん》な生命力もだが、封印されていた期間が短いのも幸いしたのだろう。

「無事でよかったよ。手間取ったのは悪かったけど」

「……ふん。特別に許してやろうかの」

エルフの巫女が、妙に強気なまなざしで見上げてくる。

「ま、まあ……心配はしておらんかったぞ。ちっとも心細くなかったし怖くなかったし、途方に暮れてもおらんかった。何も問題ない」

「心細かったのか」

「じゃから違うと言っておろう!?　いま何を聞いていた！」

レーレーンが抱きつく手を緩めた。

尻餅をついた時にくっついた砂埃《すなぼこり》を手で払いのけて、腕組みしてみせる。

「その……何じゃ、この程度の封印ごとき、主《ヌシ》なら何とでもすると思っておった。ワシが見込んだ男ゆえ」

と。

何かを思いついたようにエルフの巫女《みこ》が手を打った。

なぜか顔をほんのりと赤らめながら。

「そ、そうじゃ！　ワシからも褒美をくれてやらんでもないぞ。命を助けられたのは事実じゃし。特別なものを……」

「え？　いや全然。そんなつもりじゃなかったし」

「そ、そうはいかん！　このままではエルフの巫女としての示しがつかん。……よしカイ、目を瞑《つむ》れ」

「……目を？」

変わった指示に首を傾《かし》げる。

目を瞑ったら前が見えない。レーレーンの様子だってわからなくなるのに。

「なんでさ」

「……それは……そのワシが恥ずかしいから……」

「？」

「ええいっ！　とにかく目を瞑るのじゃ。そしてワシにすべて委ねよ！　早く早く！」

と。

妙に気合いの入ったレーレーンの肩に、後ろから誰かが手を乗せた。

「レーレーン」

「む？　誰じゃせっかくの雰囲気を邪魔するのは……」

「私だ」

「――ア、アルフレイヤどのぉっっ⁉」

小柄なエルフが飛び跳ねた。

真っ赤な顔のまま自分《カイ》からさっと離れ、蛮神族の長に向かって姿勢を正す。

「ち、違うのですぞアルフレイヤ殿！　ワ、ワシはこんな人間になど興味はありませぬ。間違ってもせ、接吻《せっぷん》などは！」

「無事で何よりだ」

主天《しゅてん》アルフレイヤの応えは微苦笑だった。

赤面したエルフを愛《いと》しげに見つめて、蛮神族の英雄は、少しだけ気恥ずかしそうにはにかんだ。

「そして済まない。皆の救出にここまで時間がかかってしまった。こんな不出来な私だが、また貴殿の力を貸してもらえるだろうか」

「…………」

一瞬きょとんと瞬《まばた》き。

だがすぐに、エルフの巫女《みこ》は流れるような所作でその場に跪《ひざまず》いた。

「……ようやく言える」

息を、喉から振り絞るようにして。

歓喜のあまり掠《かす》れた声で。

「よくぞ戻られたアルフレイヤ殿。我らエルフ一同、貴殿の帰りを待ちわびておりました。我が名と魂に懸けて、再びお供することを誓いまする」

2

白の墓所「中層部」。

底知れぬ地響きめいた獣の咆吼《ほうこう》が、ジャンヌの立つ通路を揺るがせた。

「な、何よ何なのよ⁉」

「ジャンヌ様！　明らかにやばそうな声がしてるんですが⁉　いやこれは俺が怖がってるとかじゃなく、あくまで報告なんで……！」

サキが、自動小銃《バトルライフル》の引き金に手をかける。

隣のアシュランも自動小銃《バトルライフル》を構えつつ後方を睨《にら》んで微動だにしない。

「アシュラン、アンタ見てきてよ。あの曲がり角！」

「俺一人かよ!?」

「アタシはジャンヌ様のお側《そば》につくわ」

「俺だってそっちの役が万倍いいんだが!?」

「──黙れ」

しん、と。

花琳《ファリン》の冷たい一喝で、二人が息を止めて押し黙った。

「方向を絞るにも壁に反射しすぎて難しいな。ジャンヌ様、今のはかなり離れた場所からの雄叫《おたけ》びだったと思われます」

「……咆吼も一度きりだな」

「そのようです。我々を狙ったものではないし、近づく気配もありません」

「僥倖《ぎょうこう》だ。カイたちの状況は気がかりだが」

通路の前後を見回して、ジャンヌはほっと胸をなで下ろした。

この場で身構えていても得るものはない。

敵襲がない今のうちに奥を目指すべき──それが花琳の提案だ。そこに指揮官としても異論はない。

「進もう。サキ、アシュランらは後方を頼む。……そしてバルムンク殿」

「わかっている。おい行くぞチビ」

大股で先頭を進むバルムンク。

その足下で小走りについていくのが大妖精シルクだが、こちらはまだ不安そうな表情で、走っては止まり走っては止まりを繰り返している。

何かに戸惑っているかのように。

「…………」

「早く来い。主人《アルフレイヤ》の居場所を見つけたいと言ったのはお前だろう」

「人間。わからない？」

「なに？」

聞き返されるのは想定外だったのだろう。

大妖精に上目遣いに覗《のぞ》きこまれ、バルムンクが困惑気味に顔をしかめた。

「だから何がだ？」

「今の鳴き声は、墓所の入り口で襲ってきた黒くて大っきいやつ」

「ああ、アーカインと出てきた奴《やつ》だな。それがどうした」

「倒したと思う」

思いもよらぬ一言に——

ジャンヌは、自分でも無意識のうちに花琳《ファリン》と顔を見合わせていた。

あの守護獣《ガーディアン》を倒した？

誰がだ？

分断されはしたが連合軍の部隊も数十人が墓所内部にいるだろう。彼らが奮闘した可能性も考えられるが。

「カイと主天《アルフレイヤ》でしょうね」

同じ傭兵《ようへい》である花琳が、真っ先にそれを否定した。

「敵の立場からすれば最警戒の標的が主天《しゅてん》アルフレイヤでしょう。これは極楽鳥《ゴッドバード》の反応からも明らかです。墓所には我々の部下が百人以上いるはずですが、人間などどうでもいいと考えるかと」

「だから守護獣《ガーディアン》が襲ったのは主天《アルフレイヤ》とカイか。たしかに……」

一方で。

ジャンヌの気がかりは大妖精シルクの警戒ぶりだ。墓所の守護獣《ガーディアン》を倒したというのなら、敵の戦力を削ったことは間違いないのに。

「何か気がかりでも？」

「シルクが気にしてるのはこっちじゃないの。さっ、さっき臭いがしたのは違うやつ」

大妖精が歩きだした。

バルムンクのズボンの裾を引っ張りながら。

「ねえ人間」

「だから何だチビ？」

「あっちから強い法力を感じるの。アルフレイヤしゃまが言ってた封印石かもしれない」

「良いことだ。それを見つけるために向かっているわけだ」

「怖いのが出てきたらシルクは逃げる」

「おいっ⁉」

大妖精の頭を掴《つか》んで、バルムンクが片手でひょいっと持ち上げた。

「ちょっと待て、何だ、その全力の後ろ向き発言は。蛮神族と人間《おまえとおれ》は共闘を誓った仲だぞ。逃げたら話にならんだろうが！」

「シルクがご主人様なの。ご主人様のために戦うのが使い魔だもん」

「俺はお前の部下ではない！」

「部下じゃなくて使い魔！」

「違う！……ええい、もう行くぞ。お前が逃げないよう俺が担いでいく」

指揮官《バルムンク》が歩きだす。

脇に抱えられたシルクもそれを嫌がる様子はなく、まんざらでもない反応だ。

「よし人間。次を左に曲がるの」

「……急に態度がでかくなったな。お前さては後ろ盾ができた途端に強気になる性格か。主人がいる時だけ吼《ほ》える飼い犬だな」

「つべこべ言わず歩くの」

「……放りだすぞ？」

「ああだめっ！　だめ人間、ご主人から離れるのは使い魔失格！」

「だから俺はお前の部下ではない！」

再び大妖精との口喧嘩《げんか》が始まった。

「バルムンク殿、私が先に行きますね」

彼の横をすり抜けて、ジャンヌは花琳《ファリン》を従えて列の先頭へと進みでた。

道を直進。

円形の穴をくぐり抜けて、その途端、鮮やかな花びらがジャンヌの前に吹き荒れた。

きらめく花吹雪。

たどり着いたのはドーム型の大広間だった。

足の踏み場もないほど多種多様の花が咲き乱れ、吹き抜けからの風が、花びらを宙へと舞い上げる景観が何とも美しい。

ここは本当に墓所なのか？

ジャンヌ、花琳、そして後ろの部下たちの目の前に、この世ならぬ幻想的な楽園風景が広がっていた。

――花の大広間。

「なんと……」

声にならない驚愕《きょうがく》を発したのは、ユールン人類反旗軍《レジスト》の一人だ。

「こんな極上の花園が建物内にあるとは……」

「いやはやすげぇな。どうなってんだ」

自動小銃《バトルライフル》を構えるアシュランも、しきりにあたりを見回して。

「休憩にはもってこいの場所だけどよ、この花、変な毒とかないよな？　踏んだら有害な花粉を飛ばしてくるなんて勘弁だぞ、なあサキ」

「………」

「サキ？」

「匂いがしないわ」

唇を引き締めたサキが屈《かが》みこんだ。

色鮮やかなピンクローズ色の花に触れて、次に、隣に咲く空色の花に触れてみる。

「これ――」

「お、おいどうしたんだよサキ」

「偽物よ」

足下の花を勢いよく踏みつける。

オレンジ色の髪の少女が立ち上がった瞬間、その足下で「パリンッ」と硬質な音を立てて花が千々に砕け散った。

「造花よ。生きてないわ、これ全部」

「……何だって？」

「人間、あそこ！」

大妖精が叫んだ。

森に生きる妖精種にとって、これらの花が偽物であることなど一目瞭然。注視したのは花園の奥に咲いた最も巨大な――

美しい七色に輝く、大輪の造花。

「すごい法力。あそこに何かの種族が閉じこめられてる！」

「封印石とやらだな。遂《つい》にか！」

大妖精を抱えてバルムンクが足を踏みだす。

否《いな》、踏みだそうとした瞬間に。

「だめ！」

止めたのは、他ならぬ大妖精シルクだった。

「臭いが近づいてくる。人間逃げるの！」

「何だと!? だがどこだ！」

「下！」

色とりどりの花が咲き乱れる花園を、大妖精は指さした。

「土の下にいる！」

楽園とも見まがう花々は囮《おとり》。

その地中に潜む強大凶悪な「神を騙《かた》るもの」が、自らの存在を隠すための――

〝古来より人間は、美しき花々を、神への供物《くもつ》として重用していた〟

〝神とは『彩られるもの』なり――〟

地より湧く声。

地響きも地割れもない。湧き水が染み出てくるかのごとく、「その影」は深き地底から湧き上がってきた。

『我は運命竜ミスカルシェロ。ヒトよ、聖なる墓所へと踏み入った大罪を、我は一度きり許そうではないか』

極彩色の花が咲き乱れるなか。

幻獣族に匹敵する巨躯《きょく》であろう濃紫色の竜が這《は》い上がってきた。バルムンクの腕の中で震える大妖精を見下ろして——

『その蛮神族を捧《ささ》げよ。大いなる神への供物《くもつ》である』

World. 6

Chapter: ラマナスローズの花言葉

Phy Sew lu, ele tis Es feo r-delis uc I.

1

一片の花びら。

カイが進む通路の正面から、それは、通路に吹きこむ風に流されてきた。

「何じゃこれは？」

空中を踊るように流されてくる花びらを、レーレーンがそっと掌《てのひら》で受けとめる。

じっと見つめて。

「ラマナスローズじゃな」

「ラマナスローズ……その花の名前が？」

エルフの掌にある花びらを、カイも横目で流し見た。

鮮やかなピンクローズ色の花びら。花弁一枚で種の見分けがつくほど自分《カイ》は詳しくないが、レーレーンには目星がついたらしい。

「エルフの森に咲いてるのか？」

「そうじゃな。心を鎮める作用があるからとドワーフたちは煎じて飲んだりもする。ただ、これほど綺麗《きれい》な花でも、エルフの花言葉は少々寂《さび》しいが」


——悲しく、そして美しく。


レーレーンが、花びらを指で摘《つ》まみ上《あ》げる。

「美しいものほど儚《はかな》い。花の寿命もそうじゃが……実にこの胡散臭《うさんくさ》い場所らしいの」

「え？」

「よくできた贋物《にせもの》じゃ。生花ではない」

エルフの巫女《みこ》が花びらを放り捨てた。

ひらひらと舞って床に滑り落ちていく瞬間まで、カイの目には造花と信じられないが。

「飛んできたのは、この奥か……」

廃墟《はいきょ》のビル内に野草が生えることはある。

だが造花となれば話は別。これだけ精巧な花びらが飛んでくるなど、誰かが何かを企《たくら》んでいないかぎり起こり得ない。

「ずいぶんと華やかな趣向だな」

主天《しゅてん》アルフレイヤが、曲がり角で足を止めた。

危険はないと言う意味での頷《うなず》き。それに従って曲がり角まで歩いてきたカイの視界を、さらに何十枚という花びらが埋めつくした。

宙を舞う花びら。

通路の向こうから吹く風とともに舞いこんでくる。

「俺たちの歓迎……じゃあ百パーセント無いよな」

「そういう場があるのだろうな」

六枚翼の大天使が、花びらが舞う宙へと手を伸ばす。

「方角は北か。この造花が大量に咲いている部屋があり、そこから花弁が流されてやってきていると考えるのが自然だが……」

花びらを天使が掴《つか》みとる。

精巧に造られた偽りの花が、クシャッと小さな音を立てて潰《つぶ》れていった。

「いい、いい。それ以上に怪しいのがこの奥だ」

花弁が飛んでくる道は、向かって右。

だがアルフレイヤが拳を向けたのは、左に進む分岐の道だ。

「先の守護獣《アメミット》もそうだが、大始祖とその眷属《けんぞく》で厄介なのが『出現するまで気配をほとんど感じない』という性質だ。いつ現れて襲ってくるか極めて察知しにくい」

「ああ。それが？」

「つい今この瞬間だ。まだ距離があるが、この奥から微細な法力が流れてきている。また守護獣《アメミット》や極楽鳥《ゴッドバード》の類《たぐい》か。それとも——」

「いよいよ大始祖のお出まし、か」

自分の知るかぎり大始祖《カイ》は二体。

光帝《こうてい》イフと運命竜ミスカルシェロ。ここに名を連ねていた世界種アスラソラカは恐らく離脱した。

……封印はあと三つで、大始祖は二体。

……大始祖だけじゃ守りきれない。三つ目を守ってるのは、あの二人か？

傭兵王《ようへいおう》アーカイン・シド・コラテラル。

人間兵器テレジア・シド・フェイク。

そのどちらもが大始祖によって『シド』に選ばれ、四種族を封印するための力を与えられて墓所《ここ》にいる。

出くわせば、シド二人は封印を守って立ちはだかるだろう。

衝突は避けられない。

……あの二人と争いになる可能性は高い。どうする？

……俺は、人間同士で戦うことなんか望んでない。

まず討つべきは大始祖。

元凶を倒せば二人の洗脳も解ける可能性が高い。

そんな思考の矢先に――

「カイ。いや、ここはアルフレイヤ殿に問うべきか」

カイの葛藤は、愛らしい一声で意識の隅へと吹き飛んだ。隣を歩くエルフが、ふと思いだしたように顔を上げたのだ。

「まだワシは事態が呑《の》みこめておらんのでな。逐一聞くつもりはないが、取り急ぎいくつかお尋ねしたい」

「聞こう」

「蛮神族《なかま》はすべて解放された。そう思って良いのですな？」

「相違ない。封印前の場所――言ってしまえば東《イオ》に飛ばされた。お前だけはカイと共に西《シュルツ》にいたから、今もここに残ったと考えられる」

「安心しました。ならばワシも何一つ不安はありませぬ」

レーレーンがふっと微苦笑。

が。

その柔らかい口元はすぐに、緊張を感じさせる張りつめたものへと変わった。

「こちらが本命の問いじゃが……」

上背のある天使をじっと見上げて。

「既に蛮神族《なかま》は解放されたと。その上で、この薄気味悪い場所から引き返すのではなく、ワシらが奥へ進む理由は？」

「墓所を完全破壊するためだ」

主天《しゅてん》アルフレイヤが踵《きびす》を返した。

無数の花びらが吹き込んでくる右側ではなく、新たな法力を感じたという左側の通路に向かって歩きだす。

「この墓所の機能が生きているかぎり、蛮神族《なかま》が再び封印される危険は常にある。よって完全破壊する」

「それはご尤《もっと》もですが……」

天使の後ろに続くエルフの巫女《みこ》。

その横顔には、わずかな戸惑いが滲《にじ》んでいた。

「墓所を破壊する。それはつまり、ここに封印されている悪魔族と聖霊族と幻獣族たちも解放するわけですな？」

「結果的にそうなる。私とて本意ではない」

光の差す通路にこだまする、天使の声。

「お前も含め蛮神族《なかま》は強力な圧縮空間に閉ざされていた。その楔《くさび》が封印石だったが、残しておくわけにもいくまい？　残り三つすべて破壊する。他種族のためでも人間のためでもない。蛮神族《われわれ》が生き残るためにだ」

「……承知」

エルフの巫女が大きくため息。

「ワシとしても他種族の解放は正直気が進まんが……今回ばかりは我が身のためと心得て尽くします。まあつまりは、そういうわけじゃカイ」

「ああ、悪いな付き合わせて」

「悪くはないぞ。ワシとて我が身のためと言っておろう。むしろ余計な恩だの借りだの、後ろ向きな理由よりよっぽど清々《せいせい》する」

吹っ切れた。

エルフの青い双眸《そうぼう》が、そんな苦笑いの感情を映しだした。

「これでワシも、リンネの奴《やつ》の手助けができるわけじゃしな」

「っ」

「蛮神族という立場では悩みどころであったが、アルフレイヤ殿がそう命じるならワシも三種族の解放に尽力せざるを得まい」

墓所を破壊する。

その結果として四種族が解放されることになり――

さらにその結果として、世界種リンネも助けられるかもしれない。

「……ま、あの口うるさい夢魔姫《サキュバスロード》もついでに封印から出してやるかの。向こうにはたっぷり恩着せがましくしてやるが」

「そうしてやってくれ。ハインマリルもきっと苦い顔をするさ」

蛮神族が悪魔族を解放する。

そうなれば冥帝《めいてぃ》ヴァネッサも蛮神族の力を侮るわけにはいかないだろう。東《イオ》への侵略も躊躇《ちゅうちょ》するはず。

それだけでいい。

親交の必要はない。五種族大戦が再発さえしないのならば。

「じゃがカイ、ワシとしても主《ヌシ》を気落ちさせる意図はないのじゃが。その……一つ言っておかなくてはいかんことがある」

思わせぶりな前置き。

レーレーンが、躊躇《ためら》いがちな口ぶりで言葉を続けた。

「『封印』と『消滅』は違う。蛮神族《ワシら》は閉じこめられていた状況から脱出しただけじゃが、リンネは消滅した。そうワシに言ったのは主じゃ」

「ああ」

「この墓所を壊したところで本当に復活できるのか？　何か確たる証拠《もの》は——」

血を吐くような心地で。

カイは、擦《かす》れた言葉を喉の奥から振り絞った。

「閉じこめられた四種族を解放したって、消えたリンネが戻ってくるとは限らない。死者の傷を治したって生き返らないもんな」

これは自分《カイ》の希望まじりの推測だ。

リンネが消える直前――

世界種アスラソラカの発した些細《ささい》な一言に、すべてを懸けてきた。

〝人間《あなたたち》の選んだ未来が、一つの未来を消しさった〟

〝五種族の共存という未来が消えたいま、その象徴であるリンネはもはや存在できない〟

アスラソラカは「未来」という言葉を使った。

世界種という種は、人間や蛮神族よりも未来に生きるはずの種族だと。

……ずっとずっと遠い将来《さき》に生まれるはずの種族が。

……俺たちの時代に迷い込んで生まれてきた。そういうことなのかもな。

だからこそ懸けるのだ。

「……無いよ」

間に合え。

四種族が封印されている「現在《いま》」に変化が有りさえすれば、世界種が生きる未来も復元される――――かもしれないと。

そう縋《すが》ってここまで来た。

「俺だって、考えられる限りの結末を想像してきたよ。良い未来も悪い未来も」

「……わかっているのなら良い」

足音の方が大きいくらいの、レーレーンの微《かす》かな声。

「すべての封印石を破壊できてもリンネが戻らぬ事は大いにありえる。その時、主《ヌシ》が途方に暮れる様は見たくないからの」

「ああ。復活するにしたって、『いつ』『どんな形で』かもわからないしな」

彼女が戻ってくるのは百年後の未来かもしれない。

復活する場所も、ここから遠く離れた世界の辺境かもしれない。

リンネの復活＝《イコール》再会。

そんな保証はどこにもないのだ。

「ただ、考え過ぎても仕方ないってのが俺の結論だ。最善を尽くすだけかなってさ」

「……うむ」

そして互いに押し黙る。

先頭を歩き続ける主天《しゆてん》アルフレイヤの足取りを追いかけて、壁に響く靴音だけを聞きながら。

「あのさレーレーン」

隣を歩く小柄なエルフに、次はカイから声をかける番だった。

「もしかしてだけど」

「何じゃ」

「今の、俺が落ち込まないようにわざわざ言ってくれたのか？」

「〰〰〰〰〰〰〰〰〰〰〰〰っ⁉」

エルフの巫女《みこ》が、声にならない声を上げて飛び跳ねた。

「俺は生真面目すぎて周りの気配りに無頓着だって、そういやジャンヌによく言われてたなって。だからもしかしてと思ったんだけど……レーレーン？」

「────」

エルフの少女の顔が、みるみる耳まで紅潮していく。

顔も背けてしまったのだが、その肩が堪《こら》えきれないとばかりにぷるぷると小刻みにふるえ始めたではないか。

「レーレーン？」

「ば、ばかぁぁぁ────────っ！」

爆発した。

真っ赤になった顔で、エルフの巫女《みこ》が握りこぶしで飛びかかってきた。

「そういうとこじゃぞ！」

「何がっ⁉」

「……口にされるとワシの方が恥ずかしくなるわい。まったく、やはり人間の雄はアレやコレの機微に疎いの」

そして、わざとらしく咳払《せきばら》い。

「も、もういい！　この話はこれで終わりじゃ！」

「いいんだ？」

「リンネがどうこうは万事が万事、事がうまく進んだ時の話じゃ。そんな理想より先に、まず死守せねばならぬものがある」

七単《ななひとえ》の着物を翻《ひるがえ》すように、エルフの巫女が振り向いた。

「ワシら自身の命じゃよ」

「っ、ああ」

「生きて戻る。ゆめゆめ違《たが》えるでないぞ？」

「──そういうことだ」

無言で歩き続けてきた先頭の大天使が、足を止めた。

両開きの分厚い扉。

扉と扉のわずかなスキマから、太陽光とは違う強い輝きが漏れてきている。

「私の感じた微弱な法力はこの先だ。何が待ち構えているか知らないが、味方でないことは間違いあるまい」

「……ああ」

大始祖か、その御使《みつか》いか。

大始祖の力を与えられたシド二人か。

「開けるぞ」

大天使の宣告は扉を開《ひら》くなどという穏やかな意味ではない。扉に「大穴を開ける」という宣戦布告の表れだ。

――破裂。

主天《しゆてん》アルフレイヤの触れた指先から火花が迸《ほとばし》り、両開きの天井が原形を留《とど》めぬ勢いで砕け落ちていく。

直後。カイとレーレーンは、強烈な光に瞼《まぶた》を灼《や》かれた。

「これは……！」

「な、何じゃこの部屋は!?」

天井から降りそそぐ光。

それが壁の四方に貼り付けられた何十枚もの「鏡」によって、何百何千回と反射増幅を繰り返し、光線《レイ》めいた強さでカイたちの瞼《まぶた》を灼《や》いた。

――鏡の大広間。


広大なドーム型の空間という意味では、守護獣《アメミット》のいた水晶の大広間と同じ。

違いは、そこに在るものだ。

……あっちは壁も天井も水晶で埋めつくされてたな。

……今度は鏡か。

部屋の広さが掴《つか》みにくい。

合計三十六枚の鏡がそれぞれ合わせ鏡現象を起こし、この先が無限に奥まで続いているという目の錯覚を引き起こす。

「なんと目に悪い部屋かの。壁を見てるだけで酔いそうじゃ」

「俺もだよ。長居したくない場所だ」

壁に映っている無数の「自分」を見つめ、カイは表情をしかめた。

薄気味悪いを通りこして不気味だ。

四種族を封印する巨大法具の内部に、なぜこんな奇妙な広間があるのか。

これが恐怖《ホラー》伝記の舞台なら、鏡に映った自分たちが独りでに動きだすような怪奇現象が起きるに違いない。

「私が感じた微弱な法力はこの周囲だ。しかし妙だな」

鏡に覆《おお》われた広間を見渡して、主天《しゆてん》アルフレイヤが訝《いぶか》しげに目を細める。

「水晶の広間と似ている。残りの三種族が封じられた封印石も当然ここに安置されているかと思ったが」

「……やっぱ不自然だよな」

何も無いのだ。

鏡に覆われた広大な広間は、だとすれば何のために存在する？

「アルフレイヤ、ここが罠《わな》の可能性は？」

「不明だ。とはいえ敵の出方を窺《うかが》う気はない。まだ封印石は三つある。この場に無いなら長居する理由もあるまい」

ヂッ
天使の握る白銀色の指揮棒《タクト》から、小さな稲光。

「破壊して進む。それだけのこと」

〝無為なり〟

〝天使の長よ。それが天に唾する過ちだと気づかぬか〟


鏡の大広間に、光が満ちた。

吹き抜けだった天井部から、神々しき白銀色の後光をまとい、厳《いか》めしい老人の胸像じみた姿のものが降りてくる。

御使《みつか》いではない。

徐々に降りてくるそれを見上げた途端、カイの背筋が寒気とともに強ばった。

「光帝《こうてい》イフ！」

「……出おったなデカブツが。貴様、よくも閉じこめてくれたの！」

巨大な発光体――

尋常ならざる威圧感を湛《たた》えた敵を見上げ、レーレーンが奥歯を噛《か》みしめる。

踏みとどまったのだ。

今すぐ八つ裂きにしたい怨敵だが、復讐心《ふくしゅうしん》に駆られるまま挑んで勝てる相手ではない。

そう察したのだろう。

「光帝イフとやらか」

天から降りてくる大始祖を見上げる主天《アルフレイヤ》。

落ちついた口ぶりと裏腹に、そのまなざしは極めて鋭い。

「なるほど。守護獣《アメミット》や極楽鳥《ゴッドバード》とも少々毛色が違うが、ゼロだった法力が突然に発生するのはやはり大始祖の特徴らしいな」

『――――』

光帝イフが降りてくる。

床からの高さ三メートル程だろう。主天《しゅてん》アルフレイヤが手を伸ばしてもぎりぎりで届かない、そんな絶妙な高さで停止する。

「隠すな」

沈黙を続ける大始祖へ、天使が押し殺した声で続けた。

「もう一体いるだろう？　私がこの部屋に来るまでに感じた法力は、貴様ではない」

『――――』

「貴様の配下か。すぐ近くに潜んでいることはわかっている。私がこの場を破壊しようとして慌てて出てきたことを踏まえれば……」

アルフレイヤの握る指揮棒《タクト》が、壁を覆《おお》う鏡群に向けられた。

「鏡《コレ》の後ろだな」

『――――』

「答えぬなら破壊するまでだ」

『……そうか』

嗄《か》れた声が、鏡の大広間にこだました。

異物感。

鼓膜を通さずに、直接に声を脳に叩《たた》きこまれるような感覚だ。

『蛮神族を解放したか』

天使《アルフレイヤ》を。エルフ《レーレーン》を。そして人間《カイ》を見下ろす光帝《こうてい》イフ。

感情の欠落した声で。

『人間よ』

「……っ！」

亜竜爪《ドレイクネイル》を握る手が汗ばんだ。

蛮神族二体ではなく、真っ先に声をかけた先がまさか人間《カイ》とは。

『其方《そち》は勘違いをしている。私という存在を。そして其方の為すべきことを』

「聞く気はない」

降りそそぐ言の葉を、迷わず斬って捨てた。

「次は俺を惑わす気か。ご免だね」

『私は真実の語り部である。この世界にとって、そして其方ら人間にとって真の敵がいるとしたら？』

応じる気はない。

降りそそぐ言葉を聞き流し、光帝イフに向かって足を踏みだす。
『其方も無関係ではない。これは世界種の真実《はなし》なのだから』
「っ⁉」
その足が、無意識に止まった。
『世界輪廻《りんね》を企《くわだ》てた元凶は、世界種アスラソラカである』
聞く気はない。
そう自らに言い聞かせたはずなのに。
気づけば、その言葉に思わず息を呑《の》んでいた。それだけの内容だったからだ。
……アスラソラカが世界輪廻の元凶？
……まさか。いや……それは確かにあり得る話なんだ。間違いなく。
薄々とは予感していた。
なぜなら世界種アスラソラカだけが、依然として目的が不明だったから。
この世界でもっとも奇妙――
なぜ大始祖に協力して四種族を封印した？
なぜ世界種の仲間《なかま》のリンネが消滅するような真似《まね》をした？

『私や其方《そち》のいた世界は「上書き」された。この世界もじき壊れよう。世界輪廻《りんね》の改変は今この時も続いている』

「……それは知っている」

『すべて世界種《アスラソラカ》の望んだ結末である』

「ごまかすな！」

喉を嗄《か》らせて叫んだ。

光り輝く大始祖を見上げて。

「五種族大戦を人間の勝利で終わらせたのは大始祖《おまえたち》だ。預言者シドを騙《だま》してきた共犯じゃないか」

『私が望んだのは「人間の勝利」。だが世界種《アスラソラカ》が望んだのはその先だった』

「っ」

『奴《やつ》は知っていたのだ。世界座標の鍵《コードホルダー》の力で五種族大戦を終わらせることで歴史が歪《ゆが》む。それが世界輪廻という終末をもたらすことを』

「……何が言いたい」

『言い換えよう』

光帝《こうてい》イフが言葉を句切る。

一拍、というには長すぎるだけの余韻を残して。

『大始祖《わたしたち》はこの世界を愛している。だが世界種《アスラソラカ》は世界の消滅を望んでいる』

「……消滅だって？　何のために」

『理由が必要か？　悪魔族が「悪魔族が繁栄するため」という理由で人間の都市を襲った時に、其方はその理由で納得できたか？』

「………………」

『理由など知る意味もない。我々と世界種《アスラソラカ》は相容《あいい》れないのだから』

言い返せない。

意図を求める意味がないのは、確かに光帝イフが示した通り。

ただの暴虐だろうが崇高な理由があろうが、どうでもいい。それで人間が滅亡するなら、世界種《アスラソラカ》が人間《カイ》にとっての敵であることは揺るがない。

「……その点についてだけは、お前のいう通りだ」

『理解したか』

「いいや逆だ！」

黒塗りの銃剣の切っ先を、神々しき大始祖に向かって突きつけた。

「アスラソラカはそうかもな」

『なに？』

「リンネは違う。俺の知ってるあいつは、その世界輪廻《りんね》を誰より嫌ってた！」

一つ確かなことがある。

リンネは世界輪廻を「止める」側の世界種だということだ。幻獣族の牙皇《がおう》ラースイーエとの対峙《たいじ》でも、リンネはそう叫んでいた。

〝世界輪廻によって世界は既に壊れているんだよ。我は、その侵食を加速させるだけ〟

〝それをやめてって言ってるの！〟

断言できる。

同じ世界種でもリンネとアスラソラカは違うのだと。

「俺はリンネを信じるさ。その為にも、ここに囚《とら》われてる種族を片っ端から解放する！」

『…………』

「そういうことじゃデカブツ。貴様の問答に耳を貸す輩《やから》はここにおらん」

瞳に怒りを灯《とも》すレーレーン。

彼女が着物の袖から取りだしたのは紅白の扇。これも法具の一つだろう。

「世界種が共通の敵だと言いくるめたかったのじゃろう？　生憎《あいにく》と、それでリンネを疑うほどワシも奴《やつ》との付き合いは短くない」

『…………』

「覚悟せよ」

エルフの巫女《みこ》が身構える。

誰一人言葉を発さない、極限まで張りつめた空気のなかで――

『ま、まさにその通り』

光帝《こうてい》イフの発した単語は、カイと主天《アルフレイヤ》とレーレーンの誰一人として想像していないものだった。

『アスラソラカとリンネ。この二体の力は同質である。世界輪廻を止めるために世界種リンネの復活が必要であることに私も異論はない』

「な、何を言っておる⁉　リンネが消えたのは貴様らの――」

『想定外の幸運だ』

レーレーンの言葉を遮って続ける光帝イフ。

その声は、いつしか歓喜に満ちていた。

『世界種の生存条件は謎が多い。リンネの再生のためには、封印した全種族を解放せねばならない。それは大始祖《わたし》にとって究極の葛藤のはずだった……』

ピシッ

ピシリッ。

自分《カイ》たちを取り巻く全方位から小さな破砕音。それはまさしく、この鏡の大広間を覆《おお》う鏡が一斉に罅割《ひび》れた音だった。

『大始祖《わたし》にとって幸運である。まさか一種族だけでいいとは』

そして崩壊。

澄みきった音と光をまき散らし、鏡が一斉に砕けて地に落ちていく。無数のガラス片が舞うなかで。

その奥の柱に囚《とら》われた「誰か」がいた。

幻想的な少女。

愛らしくも儚《はかな》い面立ちに、グラデーションがかった淡い金髪。黒と白の、世にも珍しい天魔の翼を背に覗《のぞ》かせた――

世界種リンネが、いた。

瞳は固く閉じたまま。

柱に磔《はりつけ》にされて、鎖で両手足と翼を縛《いまし》められて微動だにしない。

「リンネ!?」

『完全蘇生にはほど遠い。だが蛮神族が解放されたその兆《きざ》しが、世界種という種族に対し、不完全ながらも再生を許したのだろう』

命だけが再生した。

意識はない？　自力で動くこともできない状態か？

見上げるだけのカイには到底わからないが、おそらくリンネの法力もほとんど抜け落ちたままだろう。

……まさか。さっきからアルフレイヤが感じていた微弱な法力ってのは。

……このリンネのことだったのか！

大始祖とは違う気配。

主天《アルフレイヤ》が「もう一体いる」と違和感を覚えていたのも当然だ。

「厄介じゃぞ」

レーレーンの、独り言にも似た微《かす》かな呟《つぶや》き。

「リンネの復活で『最悪』は想定しておったが、まさか『最善』に転ぶか。これはタチが悪いぞカイ。最悪よりも状況は悪い」

「……ああ同感だ」

世界種リンネの再生について。

考えられる『最悪』は、四種族を解放してもリンネが再生しなかった時。

考えられる『最善』は、一種族の解放だけでリンネが再生できた時。

……俺もレーレーンも最悪のことばかり想定してた。

……最善なんて起きないって思い込んでた。そんな奇跡期待しちゃいけないって。

だが奇跡は起きた。

それも思ってもない方向にだ。リンネの復活が、ここに至って人質という至難の状況を生みだすなんて。

『この個体《リンネ》が復活したのはここだった』

鏡の大広間——

無残に散り砕けた鏡の破片に映しだされる、光の大始祖。その背後の柱に縛《いまし》められて、金髪の少女はいまも目を開ける気配がない。

『研究価値がある。アスラソラカの力の秘密も解明できよう。これは世界の運命が、私に授けた寵愛《ギフト》である』

「黙れ」

短く、吐き捨てるようにカイはそう発した。

「リンネはお前のものじゃない」

光の大始祖に向けて、小さくかぶりを振ってみせる。

「誰のものでもない」

「だから解放する。単純な理由じゃろう」

その一言の──

後を継いだのはエルフの巫女《みこ》だった。

「そういうことじゃデカブツ。ま、単にワシの私的な恨みもあるがの」

「幕引きだ」

呼応するように、天使の長が足を踏みだした。

「貴様が踏みにじった蛮神族《なかま》の矜持《きょうじ》、安くはないぞ」

隣に並び立つ二体の蛮神族。

それぞれの横顔を一瞬、ほんの一瞬だけ見つめ、カイは再び大始祖イフに向き直った。

記憶の底で──

泡のように浮かび上がるのは彼の言葉。錆《さ》びついたＩＣ《アイシー》チップに込められていた老人の懺悔《ざんげ》が、鮮烈によみがえる。

〝預言者シド、そう呼ばれたこともあった〟

〝私が未来を壊してしまった〟

大始祖の目論見《もくろみ》に突き動かされるままに五種族大戦を戦った。

そんな自分を大罪人と悔やんでいた「人間の英雄」。

……シド、アンタはこれをどう思う。

……今の、この俺たちをさ。

自分の隣に立つのはエルフと天使だ。

人間と蛮神族という二つの種族が共闘を誓い、預言者シドが「作ってしまった」歴史を超えてここにいる。

……アンタが悔やむ必要なんてない。

……まだ間に合うんだよ。

ここに「ある」からだ。

未来はここにある。人間もそれ以外も、世界種の未来もまだ生きている。

今この瞬間に胸の内に生まれる感情は、ただ一つ。

感謝しかない。

アンタが俺に言った「始まりの言葉」はやっぱり最後まで正しかったよ、と。

〝この剣を手放すな。世界座標の鍵《コードホルダー》を〟

手放すものか。

だから見ていてくれ英雄《シド》。

「世界座標の鍵《コードホルダー》」

剣名に応じる憑依転生《メタモルフォーゼ》。

瞬間──

光帝《こうてい》イフに向けた銃剣が、内側から輝きだした。さながら太陽にも似た眩《まばゆ》い光に彩られ、黒塗りの刃《やいば》が半透明へと変化を遂げていく。

剣でありながらも巨大な一本の「鍵」のよう。

そんな陽光色の剣が生まれていく。

世界種リンネの世界座標の鍵《コードホルダー》が。

「俺が考えているのは一つだけだ。光帝《おまえ》を倒して、そして……」

床を蹴った。

鏡の破片が宙を舞うほどに強く、強く、踏みしめて。

「リンネを返してもらう！」

World.7

Chapter: ヒトと天使と御霊の名において

Phy Sew lu, ele tis Es feo r-delis uc l.

1

白の墓所「中層部」。

色めく花吹雪——

足の踏み場もないほどに多種多様な花が咲き乱れ、咲きこぼれ、薄く小さな花弁が幾重にも重なるように宙を舞う。

だが。

無数の花びらを吹き上げる気流は、ただの風ではない。

『その蛮神族を捧《ささ》げよ。大いなる神への供物《くもつ》である』

運命竜ミスカルシェロ——

見上げるほどに巨大な黒暗色の竜の全身から、滲《にじ》み出《で》るように放出されつつある膨大な力の気流を浴びて、大妖精シルクが悲鳴を上げた。

「いやぁぁぁあっっ⁉」

「お、おい邪魔だチビ！　俺の足にしがみつくな！」

「……ずいぶんと貪欲だな。これだけの花に飽き足らず蛮神族まで捧げろと？」

バルムンクにしがみつく大妖精を後目《しりめ》に。

北《ウルザ》の指揮官ジャンヌは不敵に唇をつり上げた。隠す気のない禍々《まがまが》しき存在感。対峙《たいじ》するだけで息が詰まり、胸の動悸《どうき》が強くなっていく。

五種族の英雄かそれ以上の圧力——

これだけの怪物が、よくも五種族大戦の最中《さなか》に隠れ潜んでいたものだ。

「いつまで人間を虚仮《こけ》にする気だ」

見えざる法力の気流に逆らうつもりで、足を踏みだして。

ジャンヌは声を張り上げた。

「貴様を崇《あが》める気はない、神を騙《かた》る怪物が！」

‖

光という概念《もの》——
人間が目にするあらゆる光は「赤」「緑」「青」の三つで創造できる。

光の三原色とも呼ばれる概念だが、この表現法には一つだけ、色も光も「ゼロ」という特異的存在がある。

それが黒。

光の三原色における黒は「黒色」ではなく「何もない」を意味する理論上の色だ。

この世界に完全な黒の物質が存在しないからである。

——そう言われていた。

だがここに。

そんな常識を凌駕《りょうが》する存在が、頭上に現れた。

「……ぐっ⁉」

振り上げた世界座標の鍵《コードホルダー》ごと身を引いて、カイは後ろへ跳び下がった。

光帝《こうてい》イフへ挑む。

その気迫を消し飛ばされた心地だ。

「化けの皮を剥《は》がしたか」

同じく足を止める主天《しゅてん》アルフレイヤ。今まさに攻へ転じかけたのを踏みとどまり、頭上を睨《にら》みつけた。

「さしずめ光帝ならぬ虚無皇か。その方がよく似合う」

『——私は、陰陽を統べる化神である』

大始祖イフ。

今まで神々しき発光体であったものが、漆黒に塗り変わったのだ。

究極の黒。

アルフレイヤの「虚無皇」という呼称のとおり、あたかも空中に真っ黒い点がぽつんと穿《うが》たれたような光景だ。

……神々しいのは極楽鳥《ゴッドバード》で慣れたつもりだったけど。

……その逆は、俺も初めてだ。

光を吸収する暗黒体。

離れて見ているだけでも禍々《まがまが》しい。これがどんな力を秘めているのか。

『墓所を起動する』

虚無皇イフの勅命が響きわたる。

それが何を意味するかカイが悟るより先に、レーレーンが床を滑るように足を踏みだし、大きく身を翻《ひるがえ》した。

ズッ……

奇怪な摩擦音。

それは鏡の大広間の壁という壁から、何十という黄金色の矛が突き出る音だった。

『神宝「天沼矛《あめのぬぼこ》」』

「七姫守護陣！　祓《はら》え！」

マントのごとくはためく七単《ななひとえ》の霊装。

羽織っていた霊装を脱ぎすてたエルフの巫女《みこ》が、七枚の薄衣《うすぎぬ》を宙へと投げ放った。衣が宙でほつれ、光の紋様を描きだす。

守護結界。

あたかも光の傘のごとく。

墓所の壁から迫る黄金色の矛を、虚空で受けとめて地に叩《たた》き落とした。

『――――』

「ずいぶんとご大層な仕掛けじゃが、真正面からエルフの霊装を崩せると思わぬことじゃ。アルフレイヤ殿！」

「落ちろ」

霊装を握って下がるレーレーン。

入れ替わりに進みでた主天《しゅてん》アルフレイヤが、白銀色の指揮棒《タクト》を振り下ろした。

――楽聖《マニフイカト》『天の震雷』

迸《ほとばし》る雷撃。

膨大な光の奔流が、虚無皇イフに降りそそいだ。守護獣アメミットの復元能力でもない限り、この法具から逃れる術《すべ》はない。

……守護獣アメミットもこれで一度は弾《はじ》け飛んだ。

……大始祖はどうなる!?

一撃で倒せるとはカイも思っていない。主天《アルフレイヤ》も同じだろう。

あくまで大始祖の力を推し量るため。避《よ》けるのか耐えきるのか、それとも守護獣《アメミット》と同じく復活するのか。

だが。

虚無皇イフの存在は、自分《カイ》の想像を遙《はる》かに超えていた。

い、いや、雷を浴び続ける。

その膨大な光が、みるみる虚無皇イフの内側に吸いこまれていくではないか。

「まさか!?……だめだアルフレイヤ、止《や》めろ！」

確信がないままに叫ぶ。

「こいつは法力を吸収する！」

「そのようだな。守護獣《アメミット》に負けず劣らず面倒だ」

雷撃が掻《か》き消える。

法力を吸収して無効化——これだけでも悪魔族や天使族に対してほぼ無敵と言える特性だろう。

「どこまで吸収できるのか。限界を探求したいところだが生憎《あいにく》その時間も惜しい。よって、続けるぞカイ、レーレーン」

主天《しゆてん》アルフレイヤの指先で、指揮棒《タクト》が踊る。

その先端が指し示したのは虚無皇イフの頭上だった。

「物理的に押し潰《つぶ》す」

雷撃が、天井を撃ち抜いた。

轟《ごう》ッと唸《うな》る衝撃波が大広間を揺るがすなか、天井を支えていた巨大な岩盤が虚無皇イフめがけて落下する。

その様はまるで隕石の衝突。

幻獣族の竜種さえ、これだけの大岩となれば身の危険を覚えるだろう。

『愚かな』

虚無皇イフは宙で微動だにしない。

『それで私をどうすると？』

「逆に訊《き》こう」

シャワーのごとく石礫《いしつぶて》が落ちてくる中で。

大天使は真顔で続けた。

「この私が、本気でこれが有効と思っているとでも？」

『何』

「やれ、カイ」

床に積もった巨大な岩を駆け上がる。

天に向かって伸びた岩の階段。宙を浮遊する虚無皇イフめがけ、カイは、大岩を蹴って宙へと飛んだ。

落盤は、最初からただの踏み台。

世界座標の鍵《コードホルダー》の間合いへ飛びこむための。

『っ⁉』

「遅い」

大始祖が宙で反転。

その一瞬早く、カイは世界座標の鍵《コードホルダー》を全力で振り下ろしていた。

──剣閃《けんせん》。

太陽のごとく煌《きら》めく切っ先が、無明の暗黒体を切り裂いた。

『────────────ツッ！』

絶叫。

およそ言語とかけ離れた認識不能の音波が、虚無皇イフの全身から溢《あふ》れでた。

……効いてる！

……やっぱりそうだ。守護獣《アメミット》が俺から世界座標の鍵《コードホルダー》を奪おうとしたもんな！

剣として物理化しているからか。

法力を無尽蔵に吸いこむ虚無皇イフの特性を以《もっ》てしても、世界種リンネの世界座標の鍵《コードホルダー》は無力化しきれない。

「逃すでない！　カイ、奴《やつ》が飛び上がる間を与えるでないぞ！」

「当然だ！」

レーレーンの声に背を押されて再び跳躍。

全身を小刻みに震わせる虚無皇イフめがけ、再び世界座標の鍵《コードホルダー》を振り上げる。

『墓所よ、起動せよ』

呪詛《じゅそ》めいた勅命。

だがどんな罠《わな》が発動しようが構わない。この剣を振り上げればすべてが終わる――

ぎちっ。

大広間が蠢《うごめ》いた。

歯車を強引に噛《か》み合《あ》わせる不気味な音。カイがそう感じた直後、ぐるんっ、と大広間を支える石柱が回転した。

柱に囚《とら》われたリンネが、目の前に。

「……なっ⁉」

剣を振り下ろせば。

輝ける刃《やいば》が切り裂くのは虚無皇イフではなく、その前にいる少女の肌。

──人質という肉の盾《リンネ》。

その衝撃に、カイは空中で凍りついたように静止した。

踏みとどまるしかなかったのだ。

「カイ⁉」

レーレーンの悲鳴。

それに覆《おお》い被《かぶ》さるように、頭上から大始祖の嘲笑《ちょうしょう》が。

『世界種が大事であろう』

「お前！……っ、その姿⁉」

言葉が詰まった。

カイが見上げたそこに巨大な暗黒体などいなかった。浮遊していたのは神々しき発光体。

無尽の光を従えた「光帝《こうてい》」イフが。

……切り替えたっていうのか⁉

……この一瞬で！

数秒もない。

カイが人質に目を奪われた刹那で、この大始祖は対の存在に遷移していた。

『陰陽変転』

光帝《こうてい》イフに戻った大始祖が、光を増した。

瞼《まぶた》を灼《や》くほどの輝き。

何かが来る。そうわかっていても、撃ちだされる『光』の速度には反応できない。

『神宝「御霊代《みたましろ》ノ天鏡《あまつかがみ》」』

光の雨。

針よりも細い無数の閃光《せんこう》が大広間に吹き荒れた。カイが世界座標の鍵《コードホルダー》を構えるのも間に合わない。

「——どけ！」

光の針に全身を穿《うが》たれる。

その未来を覚悟したカイの前に、筋骨逞《たくま》しい大天使が飛びだした。

「アルフレイヤ殿⁉」

「アルフレイヤ⁉」

「……ぐっ」

主天《しゅてん》アルフレイヤが顔を歪《ゆが》める。

光の雨を自らの背中と六枚の翼で受けとめることで、自分《カイ》を庇《かば》って——

『動転したか天使よ』

「いいや……！」

背中を無数の針で刺された天使が、苦悶《くもん》の形相で振り返った。

その指先で大始祖を指さして。

「貴様の力は理解した。その姿では――」

『ッ』

「法力の吸収は適《かな》うまい！」

光帝イフの真下。

光の雨が降らなかった死角からレーレーンが飛びだした。小さな両手で、短刀を握りしめて。

「その姿なら法具も効くじゃろう！」

朱塗りの短刀が突き刺さる。

その刃《やいば》が光帝イフに触れた瞬間、音を立てて砕け散ったのは刃の方だった。ぼろぼろに崩れて塵《ちり》へと還《かえ》っていく。

「馬鹿な!?」

『格を知れ』

光帝イフが再び発光。

「レーレーン⁉　離れろ、光が来るぞ！」

「し、七姫守護陣！」

レーレーンが霊装をひるがえす。

七層の薄衣《うすぎぬ》が光の雨を受け流すものの、着地したレーレーンの表情は青ざめていた。

不意を突いた一撃が、通じない。

虚無皇イフの姿で無効化したわけではない。大始祖という強大無比の存在が持つ力が、単純に法具の破壊力を上回ったのだ。

「……ワシの持っている中でのとっておきじゃったが」

『弱き者』

光帝《こうてい》イフの光が点滅。

あたかも嗤《わら》っているかのように。

『英雄《アルフレイヤ》と自らを同一視したか？　エルフの一個体を恐れる道理はない』

「……言うではないか。ワシの法具など恐れるに足らんと」

奥歯を噛《か》みしめるレーレーン。

これは残酷な現実だ。

主天《しゅてん》アルフレイヤの存在意義は「同胞を守り戦うこと」。

エルフの巫女《みこ》レーレーンの存在意義は「エルフの森の祭祀《さいし》」。そもそも攻撃的な法具の扱いにも差があるだろう。

……だけどレーレーンのせいじゃない。相性が絶望的すぎるんだ。

……コイツと蛮神族が。

大始祖イフは、光と暗黒という二つの形態を持っている。

虚無皇イフは「吸収」。

あらゆる法力を吸収して無効化する。世界座標の鍵《コードホルダー》による接近戦のみ有効。

光帝イフは「放出」。

この姿のイフには蛮神族の法具も有効だが、回避不能の光を発射するため、今度は自分《カイ》が迂闊《うかつ》に近づけない。

「アルフレイヤ、どうだ」

「……まだ……多少の時間がかかる」

自分《カイ》を庇《かば》った大天使は、地に膝をついたまま。

特に光の雨を浴びた翼は重傷だ。純白だった羽根が色あせて、痛々しく抜け落ちて床に散りつつある。

戦えるのは自分《カイ》とレーレーンの二人だけ。

さらに状況を悪化させているのが、囚《とら》われた少女の存在だ。

『昔いまし、今いまし』

光帝《こうてい》イフの声が、大広間に響きわたる。

祈《チャント》りのごとく。

『聖なるかな。世界に渦巻く力の意思が、私に寵愛《ちょうあい》をもたらすとは』

じゃらり。

蛇のように柱を這《は》う鎖が、磔《はりつけ》になった少女《リンネ》に絡《から》みついた。首を絞められた少女の唇から、無意識であろう悲鳴の息がこぼれ出た。

「リンネ！」

「……貴様っ！　虜囚を傷つけてワシらを恫喝《どうかつ》か。どこまで腐りきっておる！」

『聖儀なる研究である』

リンネを背にする、光帝イフ。

『この個体が手に入った以上、世界輪廻《りんね》への対抗も適《かな》うだろう。よってこの清浄《しょうじょう》の場に、穢《けが》れた其方《そち》らは不要である。滅せよ』

光の雨。

人間の目には捉えられない。光速で降りそそぐ光の雨が、機関銃《マシンガン》の一斉射撃さながらに迫ってくる。

「そうは……いかんぞ！」

大天使《アルフレイヤ》とカイの前に、エルフの巫女《みこ》が滑りこんだ。霊装「七姫守護陣」を広げることで、光の雨から三人を守り抜く。

「痛っ!?」

レーレーンの顔が歪《ゆが》んだ。

白い首筋に刺さっているのは極小の輝く針。

貫いたのだ。

光帝イフの光を三度浴びたことで、エルフの霊装もまた限界が訪れた。あれほど滑らかで美しかった生地が擦りきれている。

「……ちとキツいの。もうそろそろ耐えきれん」

ぼろぼろの霊装を握るレーレーン。

七枚の薄衣《うすぎぬ》が、一枚また一枚と剥《は》がれていく。

これ以上は耐えられない。次の放射でこの場は全滅する。

……俺が、死に物狂いで光帝に飛びこむか？

……だけど近づいたって、またリンネが「肉の盾」にされるに決まってる。

人質《リンネ》に遮られて接近できない。

そして遠距離からの法具は、虚無皇イフの姿ですべて吸収される。

絶望的だ。

逆転の術《すべ》が何もかも封じられた。こうしている間も光帝イフは、頭上でさらに神々しく輝きを増している。

『無天光』

「ぐっ？」

「な、なんじゃこの輝きは⁉」

強すぎる光は。

時として、無明の闇以上に残酷に視界を奪う。

何もかもが真っ白に染まる光の奔流に目を灼《や》かれ、直視することもままならない。剣を構えようにも光帝《こうてい》イフを見上げることさえ許されない。

『浄化の刻《とき》』

「──それを待っていた」

カイの背後で、主天《しゅてん》アルフレイヤの声がした。

あまりに強烈な光のせいで彼の姿もほとんど見えないが、立ち上がる気配だけは確かに感じる。

「大始祖！　そうして光を放つ瞬間は、貴様も闇に戻れまい！」

『愚かな』

大始祖の嘲笑《ちょうしょう》が光の向こうから。

『その弱々しき様で、其方《そち》に何ができる』

「私ではない。私たちだ」

『ッ？』

「全天使の承認によって起動する連結式法具。光帝の貴様《いま》に耐える術《すべ》はない！」

かつて自分《カイ》が目にしたなかで最も巨大で美しい法具。極楽鳥《ゴッドバード》の巨体を一刀両断に切り裂いた主天アルフレイヤの秘奥。

「天軍の剣を！」

――真実《ミカエル》『神に似たる者《カミににたるモノなど》は誰か《いない》』。

剣が、無尽の光を貫いた。

雪より白く。

銀よりも強く輝く刃《やいば》。

蒼穹《そうきゆう》を切り裂いて降ってきた「天軍の剣《ツレ》」が、目も眩《くら》む光ごと光帝イフを切り裂いた。

『――――――――ッッッ!?』

大始祖の絶叫。

消滅の危機を迎えた者の悲鳴がこだまする。

「……もはや蛮神族の英雄は私でなくていい。そう思っていたが……」

光の消えた大広間。

よろめく大天使が、両膝を床についてくずおれた。

「……まだ私を慕ってくれる者がいたようだ」

天軍の剣が切り裂いた天井。

ぽっかりと空いた大穴の向こうに、蒼穹《そうきゆう》にまじる小さな影。この距離で視認できるということは、空に浮いているのは相当に大きな物体だろう。

そしてアルフレイヤの言葉を信じるならば。

「天使宮殿……そうか、解放された天使たちか！」

駆けつけたのだ。

東のイオ連邦に解放された主天《アルフレイヤ》の部下たちが、主《あるじ》の下へ、ここ西の連邦まで一秒を惜しんで駆けつけてきた。

天軍の剣を「承認」するために。

『…………天使《アルフレイヤ》』

殺意を滾《たぎ》らせた激昂《げつこう》が、こだました。

カイから離れた床——

割れ砕けた無数の鏡の破片を吹き飛ばし、巨大な発光体が再びゆっくりと浮かび上がっていく。

『全天使の承認。よもや……そんな法具を隠し持っていたか』

「貴様⁉」

膝をつく天使が、我が目を疑うかのように大きく目をみひらいた。

「……天軍の剣の直撃を受けたはず」

倒した。

全天使の承認を得た最大威力だ。それを耐えきったというのなら、もはや蛮神族の英雄でさえ驚愕《きょうがく》しかない。

「ここまでの怪物か……！」

『私の「光」の大部分が消し飛んだ。だがもはや其方《そち》も、そして墓所の外にいる天使たちも天軍の剣を撃つ力はあるまい？』

光帝《こうてい》イフの声に力がこもる。

『墓所よ、天使を処断せよ』

罅《ひび》だらけの壁が割れていく。

鏡の大広間を覆《おお》い囲んでいた壁に亀裂が生まれ、そこから巨大な刃《やいば》が飛びだした。刃のところどころが欠けた歪《いびつ》な大剣。

それが、膝をついた大天使めがけて放たれた。

『剣をとる者は剣で滅びる定めなり』

「させるかよ！」

鈍色《にびいろ》の刃を、世界座標の鍵《コードホルダー》が受けとめた。

だが強烈な衝撃に圧《お》され、カイもまたアルフレイヤごと壁まで叩《たた》きつけられる。

『いまだ背くか』

「……当たり前だ」

よろめきながらも立ち上がる。

声を発するたびに点滅する神々しき発光体に、指をつきつけて。

「だいぶ光が弱まってるぞ」

『――――』

「天軍の剣で、お前こそ力のほとんどを失ったはずだ。その証拠に、いまお前は光の雨を降らさなかった」

これ以上「光《ちから》」を使えない。

墓所に仕込んだ罠《わな》を起動させて攻撃するしかなかった。それほどに消耗している。

……本当ならすぐにでも虚無皇の姿に戻りたいはず。

……光を吸収して回復したいはずなんだ。

それができない。

虚無皇イフは法力を吸収するための様態《モード》だ。蛮神族や悪魔族には無敵を誇るが、法力を持たないカイは簡単に接近できる。

つまり接近戦ができる。

虚無皇イフが相手ならば世界座標《コードホルダー》の鍵を持つカイが勝利する。

──いい、いや、いい。

──ことを許さない。

光帝《こうてい》イフもそう察している。だから虚無皇に戻ろうとしないのだ。

ならばどうするか？

……簡単な話だ。主天《アルフレイヤ》じゃなく真っ先に俺を仕留めること。

……そうなれば何者も虚無皇イフを脅かさない。

今の大剣もそう。

主天《しゅてん》アルフレイヤに放たれた大剣のうち数本は、明らかに自分《カイ》を狙っていた。

『優先を変更する』

大始祖の殺意。

たかが人間に向けられるにはあまりに巨大すぎる圧力を前に、ただ対峙《たいじ》しているだけでカイの全身から汗が噴きだしていく。

「上等だ。来いよ大始祖！」

『墓所よ、この人間を処断――――』

「なんて言、い、い、言うと思ったか？」

『ッ？』

「それがお前の慢心だ」

人差し指を突きつけたままのカイから離れた、石柱から。

「デカブツめ！」

エルフの巫女《みこ》が飛びだした。

ぼろぼろの七姫守護陣を床に放り投げ、白地の薄衣《うすぎぬ》一枚という軽装で、床の大岩を蹴って宙へと跳んだ。

宙に浮かぶ光帝《こうてい》へ。

「言ったはずじゃぞ。ワシを閉じこめてくれた恨みは返すと！」

『――――』

大始祖は応じない。

見向きもしない。

エルフなどどうでもいいのだ。先ほどレーレーンの短刀を塵《ちり》にしたばかり。光帝イフの姿であっても生半可な法具《アルフレイヤ》は通じもしない。

危険視すべきは天使と人間《カイ》だけ。

そう。その最適解とも言える合理的判断が。

「楽聖《マニフィカト》じゃったかの」

エルフの握る白銀色の指揮棒《タクト》によって崩れさった。

、、、、、、、
主天アルフレイヤの法具。

『ツッツッ⁉』

「蛮神族《なかま》じゃぞ。天使の法具をエルフが借りて何が悪い！」

レーレーンの額から、大粒の汗が噴き出した。

莫大な法力消費。

蛮神族の英雄のための法具だ。エルフの巫女とはいえ発動にはまさしく命がけの覚悟がいる。その覚悟が迸《ほとばし》る雷へと姿を変えて――

楽聖《マニフィカト》『天の震雷』。

巨大な雷撃が、光帝イフを貫いた。

『……ッ……オォ……』

「……ぐぅっ！」

苦悶《くもん》の声は両者から。

奥歯を噛《か》みしめて、着地したエルフが顔を上げた。雷光の迸る指揮棒《タクト》を向けて。

「もう一度、これで終《しま》いじゃ！」

『陰陽変転』

光が、闇へと遷移した。

神々しき発光体から、あらゆる光と法力を吸収する虚無皇イフへ。レーレーンが死力を尽くして放つ雷撃も吸いこまれ、逆に大始祖を回復させる。

が。

「――――」

何も起きなかった。

レーレーンの宣言とは裏腹に、いつまで経《た》っても雷撃は生まれない。

「嘘《うそ》に決まっておろう」

カラン……。

エルフの巫女《みこ》が指揮棒《タクト》を床に放り投げた。額から顎にかけて滝のような汗を滴らせて、不敵な笑みで頭上を仰ぎ見る。

「もうへとへとじゃ。こんな雷など何度も撃てるか阿呆《あほう》」

『ッ？』

地を蹴る。

レーレーンの前を突っ切って、カイは床の岩盤へと飛び移った。

『まさか……』

大始祖は気づかなかった。

エルフは最初からこれしか狙っていなかったのだ。強制的に虚無皇の姿に変身させれば、人間《カイ》は近づくことができる。接近できるのならば――

世界座標《コードホルダー》の鍵の刃《やいば》が届く。

「さすがだレーレーン」

『人間ッッ!?』

「俺じゃない」

陽光色の剣を振り下ろす。

「お前が敗れた相手は、蛮神族だよ」

天使の剣に貫かれ。

エルフの雷を浴びて。

最後に、人間《カイ》の剣をもう一度受けて――


大始祖イフの絶叫が、鏡の大広間にこだました。

虚無皇イフに生まれた裂け目。

そこから生まれたのは膨大な光の放出だった。光帝《こうてい》イフとして吸収してきた光と法力が、世界座標《コードホルダー》の鍵の切り裂いた傷口から噴きだしたのだ。

そして萎《しぼ》んでいく。

神を騙《かた》る光の化身が、蓄えていた光《エネルギー》のすべてを失って。己の姿を保つこともできずに空中で崩れていく。

『……こ…………大罪……………人……蛮………』

「もう十分暴れたじゃろう」

宙《そら》で消滅していく大始祖へ。

ぼろぼろの霊衣を拾い上げたレーレーンが、まっすぐに指を突きつけた。

「主《ヌシ》は確かに強かった。神を騙るに足るバケモノじゃ。ゆえに、最後は神らしく威風堂々と消えるがいい」

『――――』

その言葉に送られるように。

大始祖イフは、消滅した。

2

崩れていく。

鏡の大広間を支えていた石柱と、そこに蔓のごとく絡《から》まっていた鎖に罅《ひび》が入り、どちらも砂へと還《かえ》っていく。

さらさら、と。

その一部始終をカイが見上げるなか、リンネを捕らえていた縛《いまし》めがとけた。崩れていく柱とともに、鏡の破片が散乱する床へと一直線に。

「────────」

「リンネ!?」

真っ逆さまに落下する。

そんな金髪の少女を、カイはぎりぎりで受けとめた。……軽い。こうして抱き留めるのは初めてじゃないはずなのに。

「リンネ……」

ふるえる手。

嬉《うれ》しさよりも先に込み上げたのは、まだこれを現実と信じられない緊張感だった。

これは夢ではないか。

そんな夢現《ゆめうつつ》の心地から、まだ心も体も醒《さ》めきれずにいる。そんな感覚。

……きっと。

……それだけ俺も必死だったから、なのかな。

だからリンネを抱き留めている今も、懐かしさより緊張を感じてしまう。そしてこれは、きっと「良いこと」なのだろう。

初めて出会った時のように――

この少女を助けだせたことに、心の底から安堵《あんど》を感じる自分がいるから。

「カイ、どうじゃ。ちゃんと生きておるのじゃろうな！」

「……ああ。息はあるよ」

わずかに胸が上下している少女を、広間の壁際にそっと寝かせる。

蛮神族の解放を引き金に、命だけは戻ってきた。

まだ不完全。

昏睡《こんすい》したままか、それとも時間が経《た》てば意識が戻るのか。

「待っておれカイ。主天殿《アルフレイヤ》の傷を看《み》たら、すぐにリンネの番じゃ。意識が戻るようできる限りのことはする」

「ああ、頼む」

世界座標の鍵《コードホルダー》を床に突きさして、リンネの隣に座りこむ。

その途端に。

カイの視界がぐるんと反転した。

「っ……」

吐き気を伴う目眩《めまい》。

ずっと息を詰めて戦い続けたきた。その酸欠？

いや違う。

おそらくは、張りつめていた緊張の糸が切れたのだ。仰向《あおむ》けに寝ているリンネを見て、意識下に抑えこんでいた疲労が噴きだした。

「……しっかりしろよ、俺」

まだ終わっていない。

むしろ始まったばかりだ。大始祖はまだ残っているし、封印だって悪魔族と聖霊族と幻獣族が残っている。

何より、もう一体の世界種が残っている。

光帝《こうてぃ》イフの言葉を借りるなら「世界輪廻《りんね》の元凶」であろう大敵が。

「まだだ……」

ここからだ。

レーレーンと主天《しゅてん》アルフレイヤが法力を消耗し、自分の疲弊も軽くない。万全にはほど遠い状況で、さらに墓所の深い層まで進んでいくことになる。

まだ戦いは――

「……ぼろぼろ、だね」

頬《ほお》に何かが触れた。

少女の手。

こちらに体温を伝えるように。

こちらの体温を確かめるように。

弱々しく差しだされた細い指先が、カイの頬の表面を撫《な》でるように触れていた。

「……リンネ？」

気づけば。

金髪の少女が、仰向《あおむ》けのまま目を開けていた。

青めいた深い色の双眸《そうぼう》が、この鏡の大広間のどんな鏡よりも澄んだ輝きでもって自分《カイ》の姿を映していたのだ。

「ぼろぼろ、だね」

擦《かす》れた吐息で。

少女はもう一度そう言った。

そして、少しだけ悲しげな陰のあるまなざしで。

「……ごめんなさい」

リンネの指先が触れていたもの。

それはカイの頬ではなく、頬にできた擦り傷だった。

「わたし……何て謝ればいいかわかんない……カイが……こんなぼろぼろになってまで、わたしなんかのために……」

「違う！」

彼女の手を取って、力いっぱい握りしめた。

だが言葉が続かない。

助けることに夢中すぎて——

助けた「後」のことを考える余裕なんてなかったから。

これがジャンヌなら、鼓舞のための最高の言葉も咄嗟《とっさ》に思いつくこともできただろう。

だが自分には——

「……違う……そうじゃないんだ……」

歯を食いしばる。

喉から振り絞るように、かろうじてそれだけは口にした。

命があるじゃないか！

意識もある。たとえ法力を失っていようとこれ以上何を望むというのだ。これだけの幸運を拾い集めて、謝る理由がどこにある。

「リンネ」

何も言葉が思いつかない。

それでも仰向《あおむ》けの少女をじっと見返して。

「俺のこれは……ただの擦《かす》り傷だ。転んだだけだ。リンネが心配することじゃない」

「――」

「ここに来るまでに階段で転んだ……そういうこと、なんだ……」

嘘《うそ》つき。

光帝《こうてい》イフの光で焼かれた傷が、階段で転んだ傷と同じわけがない。意識を取り戻したばかりのリンネにも一目瞭然だろう。

だからこれは。

自分という人間が生まれて初めてつく嘘だ。一生で一度きりの嘘だ。

「俺が一度でも嘘をついたことがあるか？」

「――――」

「無いはずだ。だから今回だって本当だ」

見つめ合う。

瞬《まばた》きも惜しんで。どれだけの時間そうしていただろう。そして。

「……あはっ」

床に寝たままのリンネは、笑った。

笑ってくれた。

「ありがとうカイ」

その一言に——

いつもの自分なら「大したことじゃない」と答えていただろう。喉の奥まで出かかった
その言葉を、カイは胸の奥まで押し返した。

違う。

大したことなのだ。この為にここまで来たのだから。

いい、いい、いい。

「ああ。あんまり心配させないでくれ」

ふっ、と。

カイは微苦笑でそう口にした。

「こんな心配はさすがにもう懲《こ》り懲《ご》りだ」

「……うん」

リンネが頷《うなず》く。

大きな瞳を揺らめかせながら。

「カイ——」

「ああもう暑苦しい！　お主いつまで寝ておるか！」

「きゃんっ⁉」

リンネが跳ね起きた。

大広間の端っこから全力で走ってきたレーレーンに蹴られ、悲鳴を上げながら。

「エルフ――、な、な、何すんの！」

「それはこっちの台詞《せりふ》じゃ！　ワシが目を離している隙に、なーにをカイと気持ちの悪い会話を続けておる！」

「き、気持ちが悪いですって⁉」

「ふん。ワシにはお見通しじゃぞ。お主さっき目を開けた時も、実は立ち上がるくらいできたはずじゃろう。この破廉恥《はれんち》め！」

「……なっ⁉」

リンネの顔がみるみる真っ赤に。

「ち、違うもん！　わたしは本当に身体《からだ》が痺《しび》れて動けなかったし！」

「ふん。どうじゃかな」

切り裂かれた七単《ななひとえ》の衣を羽織って、エルフが腕組み。

「それに一つ大事なことを言っておこう。カイはワシを助けに来たのじゃ。なにせ最初に助けてもらったからの」

「嘘《うそ》よっ⁉」

リンネが目をみひらいた。

「まーたそうやってわたしを騙《だま》す気ね。カイはわたしを助けに来たの。あなたこそオマケでしょ！」

「ワシこそが本命じゃ！」

「わたしよ！」

鼻と鼻をくっつけて睨《にら》めっこ。

ただそんな言い争いもそこそこに、二人はすぐその場に尻餅をついて。

「……休戦しましょ」

「……異議なしじゃ。さすがのワシももう動けん」

仲良く床に倒れこむ。

容姿こそまるで違うが、まるで姉妹が並んで寝そべっているかのような雰囲気で。

と。

「想像もつかぬ衝撃のはずだ」

カイの背後で。

起き上がった主天《しゅてん》アルフレイヤが、白銀色の指揮棒《タクト》を拾い上げた。

「大始祖イフは消えた。こちらの想定以上の大敵だったが、だからこそ運命竜《ミスカルシエロ》とやらも想定外だろう。なにせ片割れが消えたのだからな」

残るは運命竜ミスカルシエロのみ。

大始祖とて、これだけ広大な墓所全域を守りきる術《すべ》はない。

「この墓所の奥に世界種《アスラソラカ》とやらもいるのだろう？　ならば墓所を全破壊して炙《あぶ》り出すまでの話だ」

「……俺も、それには異存ない」

床に座るリンネとレーレーンを横目に、カイは頷《うなず》いた。

二人が消耗しきっているのは痛いほどわかる。それは主天《しゅてん》アルフレイヤも理解していて、その上の判断なのだろう。

……撤退しようとしたって危険は同じなんだ。

……帰り道に運命竜《ミスカルシエロ》が待ち伏せしてる可能性があるから。

それゆえの前進だ。

大始祖イフが消えた隙を突いて、三つの種族封印を破壊する。

「これは俺の勝手な算段だけど、悪魔族と聖霊族を解放すれば、そこから俺たちに協力してくれる奴《やつ》もいると思う」

「ハインマリル……あの無駄に胸のでかい夢魔姫《サキュバスロード》じゃな。あとは六元鏡光《リクゲンキョウコ》か」

言葉を継いだのはレーレーンだ。

「アルフレイヤ殿。ワシもそれに同感です。墓所の破壊については悪魔族も聖霊族も話に乗ってくるでしょう」

「承知した。他種族がどう出るかは考慮外だが、我々だけでも十分な勝機がある。すぐに援軍も駆けつけるだろう」

主天《しゆてん》アルフレイヤが頭上を仰ぎ見た。

「ここで終わらせる。蛮神族《われわれ》の総力をもって臨むまでのこと」

墓所の天井にぽっかりと穿《うが》たれた大穴。

天軍の剣が貫いた破壊痕の奥には蒼穹《そうきゆう》がわずかに見える。そしてその蒼穹に映る小さな点は天使宮殿だろう。

そこに乗っている天使たちもじき駆けつけるだろう。

「ようやくか。援軍は素直に心強いの……」

大穴の向こうを見上げるレーレーンが、愛《いと》しげに目を細める仕草。

徐々に降りてくる天使宮殿を見つめて。

「もしやエルフの同胞《なかま》も乗っ——」

ジッ。

羽虫のざわめきを何万倍にも膨らませたような、奇怪な音色。

カイ、リンネ、レーレーン、主天アルフレイヤが見上げていた天井の大穴を塞ぐように、黒い渦潮が生まれたのはその時だった。

「なっ⁉」

誰もが目をみひらく中、黒渦から「何か」が這《は》い上がってきた。

〝『世界意思』の名の下に〟

身体《からだ》のあちこちが欠損した人形《マリオネット》。

骨だけの翼を羽ばたかせる個体、腕から先が翼になった個体、鞭《むち》のような腕を伸ばして天井にぶら下がる個体。

いずれもが、あらゆる種族が「ごちゃ混ぜ」の怪物たち。

その相貌は、どこかリンネに似た面影がある。

「切除器官《ラスタライザ》!?」

預言者シドの言葉を借りるなら「かつて世界種だったもの」。

リンネが消滅したように──

五種族大戦によって、世界種の生存できる未来が潰《つい》えた。その怨念たち。それがまさか、この状況下でこうも大量に現れるとは。

〝世界種リンネの覚醒を感知。新世界への干渉危険性『最悪』と判断〟

〝切除器官《ラスタライザ》による封印を開始する──〟

「ワシらを狙ってか⁉」

「いつ現れるかと思っていたが、機を窺《うかが》っていたとはな……」

蛮神族二体が身構える。

だがレーレーンの霊装は既に擦りきれて、アルフレイヤは法具を連続使用したことで疲弊しきっている。

多少なりとも動けるとすれば。

「アルフレイヤ！　リンネとレーレーンを連れて奥へ走れ！」

床から世界座標の鍵《コードホルダー》を引き抜き、カイは吼《ほ》えた。

「こいつらは俺が止める」

「だめ！」

背中にしがみつくのは他ならぬリンネ。

「やめてカイ！　逃げて……わたしはいいから！」

「冗談言うな！」

ここまで来て。

ここで彼女を見捨てて逃げたのなら、いったい何の為にここまで来たのか。

「――アスラソラカ！」

血の味を感じるほどに強く、強く。

墓所の奥へと向けて叫んだ。

「こいつらもお前の差し金なのか！……シドを騙《だま》して大始祖とも袂を分かって、同じ世界種のリンネまで裏切って！」

その衝動は。

世界でもっとも理解しがたき世界種に対する、怒りと嘆き。

「何がお前をこうも突き動かす！　お前は何が望みだって言うんだよ！」

Epilogue

Chapter: 運命《カミ》に嫌われた者たちの慟哭《うた》

Phy Sew lu, ele tis Es feo r-delis uc l.

白の墓所「？・？・？・」。

祈りの大聖堂。

パイプオルガンとステンドグラスに彩られた大広間。よどんだ闇に包まれていた空間は、いつしか神聖な輝きに満たされていた。

『望みなんてありません。そんなもので私が動いていると思いましたか？』

極彩色の光。

ステンドグラスを通して虹色を得た光が照らす先には、巨大な石の女神像がひっそりと、厳かな雰囲気で佇《たたず》んでいた。

かつて世界種として生まれたもの。

だが今の自分を世界種と呼べるかと問われれば、それはアスラソラカにもわからない。

『……リンネ、あなたは幸せです』

闇に消えていく独白。

誰が聞いているわけでもない。聞かせるつもりもない。そんな無意味な言の葉をアスラソラカは一人で諳《そら》んじるように発していた。

『あなたが消えたことを悲しむ者がいた。それはとても幸せなことなのです。だってあなた以外の世界種は、消えた時に何一つ惜しんでもらえなかった』

惜しむ者などいなかった。

世界種の存在など誰も覚えていないのだ。

『あなたが一度消滅したように、五種族大戦によって世界種は次々と消えていきました。そして切除器官《ラスタライザ》に生まれ変わっていったのです』

自我を失った怪物へ。

はるか未来の象徴として生まれたはずの世界種は、「現在」によって狂わされた。その現在に残った最後の一体が、リンネなのだ。

アスラソラカはそこに含まれない。

世界種か切除器官《ラスタライザ》かと言われれば、間違いなく後者。

この石化を解いた瞬間に肉体は再び変貌し、たちまち完全な切除器官《ラスタライザ》へと変わり果ててしまうだろう。

『私にはそれが耐えられなかった。醜い姿になることではなく、この世界に生まれたことそのものが耐えがたかった……』

なぜ。

なぜ世界種《じぶんたち》は生まれてきたのだろう。いずれ絶望して怪物に変容するしかない運命で、滅んでいくと決まっているのに。

『私はもう嫌なのです。だから――――』

■■、■……■■、■■■、……■……■■
Oel Dia=U xeph cley, Di shela teo phes kaon

歌が、生まれた。

亡者の叫びのごとき切除器官《ラスタライザ》の歌が。

大聖堂を囲むステンドグラスが溶けるように腐り落ち、白い煙を上げて蒸発していく。あらゆる物を浸食する。

さしずめ魔笛とでも呼ぶべき呪詛《じゆそ》の歌。

『――――』

腐食した天井が開いて、数体の切除器官《ラスタライザ》が顔を覗《のぞ》かせる。

だが歌っているのはさらに別の存在《もの》。切除器官《ラスタライザ》を従えて現れつつあるが、まだ肉体が完全に顕現できていないのだ。

今は歌声だけが「この世界」に現れている。

楽しげに。

実に楽しげに呪いの歌を口ずさむソレに対して。

『……そう。あなたが無座標界《ゼロ》から現世《げんせ》に這《は》い上がってこれたということは、世界輪廻《りんね》の改変が終わるのですね。これが最後の一日』

石の女神像アスラソラカは、感情なき声音でそう応じた。

『この世界は閉じる。何もいなくなる』

『すべての夢見る者に、この世でもっとも綺麗《きれい》な復讐《ふくしゅう》を――』

あとがき

この世でもっとも綺麗《きれい》な復讐《ふくしゅう》を――


『なぜ僕』8巻、手にとって下さってありがとうございます!

カイの旅も、いよいよ墓所編へ。

物語のまさに最初期から登場していた墓所が、次なる戦いの舞台になります。

カイやリンネにとっても大切なエピソードが盛り沢山なので、次の9巻も楽しんでもらえたら嬉《うれ》しいです。

そして実は、今回あとがきが一ページしかなくて……

コミック連載や『なぜ僕』フェア情報も沢山あるのですが、こちらは細音《さざね》のツイッター(https://twitter.com/sazanek) でお知らせしますね。(ぜひご覧を!)

ではでは、また次の巻で。

4月18日頃の『キミ戦』9巻。

そして夏頃の『なぜ僕』9巻でお会いできますように!

細音 啓《けい》

月刊コミックアライブ&Comic Walkerで大好評連載中!
原作小説の世界を
超画力でコミック化
なぜ僕の世界を誰も覚えていないのか?
Phy Sew lu, ele tis Es feo r-delis uc I.
漫画:ありかん　原作:細音啓
キャラクター原案:neco
COMICS
1巻～4巻
好評発売中
5巻　2020年3月23日発売

MF文庫J

なぜ僕の世界を誰も覚えていないのか？ 8
久遠の魂

2020 年 2 月 25 日　初版発行
2024 年 6 月 5 日　再版発行

著者　細音啓

発行者　山下直久

発行　株式会社 KADOKAWA
〒102-8177 東京都千代田区富士見 2-13-3
0570-002-301（ナビダイヤル）

印刷　株式会社 KADOKAWA

製本　株式会社 KADOKAWA

Printed in Japan　ISBN 978-4-04-064446-2 C0193

【 ファンレター、作品のご感想をお待ちしています 】
〒102-0071 東京都千代田区富士見2-13-12
株式会社KADOKAWA　MF文庫J編集部気付「細音啓先生」係　「neco先生」係